夏目漱石

Natsume Soseki

道草

『みちくさ』

—— 孤獨與迷茫的極致臨摹 ——

夏目漱石創作生涯唯一自傳體小說

陳系美——譯

登場人物

健三——學成歸國的教師

阿住——健三的妻子

島田——健三的養父

阿常——健三的養母

阿藤——島田的第二任妻子

阿縫——阿藤的女兒

柴野——阿縫的丈夫

阿夏——健三的姊姊

比田——健三的姊夫

阿彥——比田與阿夏的養子

阿長——健三的哥哥

阿由——阿長的第三任妻子

一

健三自遙遠國度歸來[1]，在駒込的深巷建立家庭，是離開東京幾年後的事。踏上久違的故鄉土地，新奇之餘，他也感到一種孤寂。

他的身上依然帶著，剛拋在身後的遙遠國度氣息。他厭惡這種氣息，心想必須早日甩掉，卻沒發覺這種氣息潛藏著他的自豪與滿足。

他有著沾染這種氣息之人常見的不自在神情，一天兩次規律地往返於千駄木到追分大街之間[2]。

這天細雨霏霏，他沒穿外套也沒穿雨衣，只撐著一把傘，在慣常的固定時間，沿著慣常的路線，朝著本鄉走去，不料快到人力車出租店前，遇見一個意想不到的人。那人沿著根津

1《道草》在夏目漱石的作品中，是帶有濃厚自傳性的作品，主人翁健三多取材自漱石自身的體驗。此處的自遙遠國度歸來，意指明治三十三年（一九〇〇）九月初，漱石結束約兩年的英國留學生活回到日本。

2 漱石於明治三十六年（一九〇三）四月起，在第一高等學校與東京帝國大學任教英文，這是他上下班的路線。

權現神社[3]後門的坡道往上走，恰好與健三反方向朝北走來。健三無意中看到他時，他早已來到前方約二十公尺處，健三已進入他的視野。於是健三見狀慌忙移開視線。

健三打算裝作不認識，從那男人身邊走過，偏偏必須再度確認他的長相，因此走到相隔四、五公尺時，健三又瞧了那人一眼。這一瞧才發現對方早盯著自己看。

路上一片靜謐。兩人之間唯有細雨霏霏不斷飄落，要看清彼此的臉並不難。健三看了之後旋即又移開視線，朝著正前方走去。那男人卻只是佇立在路邊，毫無起步之意，定睛看著健三走過。健三走著走著，覺得那人的臉似乎也隨著自己的腳步緩緩轉動。

健三不禁思忖，多少年沒見過他了。與他斷絕關係時，健三還不到二十歲，已是遙遠的往事。迄今十五、六年歲月過去，期間兩人也從未見過面。

此時健三的地位與境遇，已與當時迥然不同。現在他留了鬍子、戴著圓頂禮帽[4]，與昔日的光頭模樣相比，連自己都不免深感恍如隔世。然而，那個人卻沒怎麼變。算來他也該有六十五、六歲了，為何頭髮依然像以前那般烏黑？健三想到這裡，不禁心生納悶。還有他堅持不戴帽子外出的習慣，至今似乎依然保持著，這個特色也是讓健三感到詭異的原因。

健三並不樂意見到他。雖然也曾想過，萬一不期而遇，但願他的穿著能比自己體面堂皇。

但眼前這個人，無論看在誰的眼裡都不覺富裕。縱使不戴帽子是他的自由，但從他穿的外褂與和服判斷，充其量只是過著中流以下生活的商家老人。健三甚至注意到，他撐著一把沉甸甸的廉價粗布雨傘。

這天，健三回家後仍忘不了路上遇見的男人。尤其他佇立路旁凝視健三離去的眼神，更使健三心煩意亂。可是這件事，健三沒對妻子說。心情不好時，即使再怎麼有事想說，他也不對妻子說。這是他的壞毛病。而妻子面對沉默的丈夫，除非有重要的事也絕不開口。她就是這樣的女人[5]。

3 現今東京文京區根津的根津神社，亦稱須賀神社。
4 穿禮服時搭配的帽子，帽身圓而高。明治時期的大學教師通常要穿禮服教課，也暗示著健三的職業。
5 書中的妻子，大多取材於漱石之妻「鏡子」。

二

第二天，健三又在同一時間走過同一個地方。第三天也一樣。但沒看到那個不戴帽的男人。他像機器又如義務般，一如往常走在這條路上。

如此平安無事連著五天後，第六天早晨，那個不戴帽的男人又忽然出現在根津權現神社的坡道，並以威嚇的眼神盯著健三看。時間和地點都與上次差不多。

縱使這次健三意識到對方逐漸走近自己，也打算一如往常如機器且義務般地走過去。但那人的態度正好相反。他以令人生畏的目光，直勾勾盯著健三。那沉鬱駭人的眼神可以清楚解讀出，只要有機會他就會朝健三走來。儘管健三努力自持，盡量毫不遲疑地走過他身邊，內心也萌生了異樣的預感。

「看來事情不會就此結束。」

這天他回到家，依然沒向妻子提起這個不戴帽的男人。

他與妻子在七、八年前結婚，當時他早已和這男人斷絕關係，況且婚禮也不是在東京老家辦的，妻子應該不會直接知道這個人。但若妻子間接聽過謠傳，有可能是健三自己早已說過，或從他親戚那裡聽來的。無論如何，這對健三都不成問題。

唯獨婚後發生了一件與那人有關之事，健三至今仍耿耿於懷。那是五六年前，他還在外地工作時，有一天他辦公桌上擺著一封厚厚的信，字跡看似是女人寫的。他一臉不解地拆信讀了起來，卻怎麼看也看不完，因為那封信實在太長了，多達二十幾張信紙，全都寫著密密麻麻的小字。他大致看了五分之一，後來就把信交給了妻子。

因為那時他認為有必要向妻子說明寫這封長信的女人是誰，又因不戴帽的男人與這女人有關，也必須連帶把他扯出來作證。健三依然記得當時迫於無奈的心境。然而他生性喜怒無常，相當情緒化，所以當時究竟向妻子細說到什麼程度，如今也已不復記憶。畢竟是女人的來信，想必妻子記得很清楚吧，但他也不想去問妻子。健三極度厭惡將這個寫長信的女人，和那個不戴帽的男人放在一起想。因為這會喚起他遙遠的不幸往事。

所幸，他目前的處境沒有閒工夫操心這種事，回家換了衣服旋即走進自己的書房。他始終覺得這六疊榻榻米的狹小書房裡，有著堆積如山的事要做。然而實際上，與其說工作，更有一種非做不可的刺激強烈支配著他，使他焦慮不已。

他在這六疊榻榻米的書房，打開從遙遠國度帶回來的書箱時，盤腿坐在堆積如山的外文書裡，就這樣過了一兩個星期。他很喜歡隨手抓起一本書就看個兩三頁，因此這間重要的書房遲遲沒能好好整理。後來是有朋友來訪，看這雜亂的書房實在看不下去，他便不管順序或冊數，將所有書籍一股腦兒搬上書架。瞭解他的人，大多認為他有神經衰弱症。但他深信是自己個性生來如此。

三

健三確實每天都被工作追著跑，即使回到家也片刻不得閒。況且他想看自己想看的書，寫自己想寫的東西，思索自己想思索的問題，因此他幾乎不知道「心情上的餘裕」為何物，始終黏在書桌前。

他忙到無暇涉足娛樂場所，儘管有朋友邀他去學謠曲，他也反射性地拒絕，並暗自驚訝別人為何有這種閒工夫。他完全沒察覺到，自己對時間的態度，恰如守財奴對金錢的態度。

在這種趨勢下，他自然不得不避開社交，也不得不避開人們。他的大腦與書籍文字打交道得越複雜，就使他越陷入孤獨，時而甚至感到些許寂寞。但另一方面，他也深信自己心靈深處有一團異樣的火焰，因此儘管生活之路朝著荒涼曠野走去，他反倒覺得本應如此，也絕不認為人的熱血會趨向枯竭。

親戚們都當他是怪人，但這沒給他帶來多大痛苦。

「畢竟受的教育不同也無可奈何。」他常在心裡如此答辯。

「這是在自吹自擂吧。」妻子卻總如此解釋。

很遺憾的，健三敵不過妻子這種批評。每當妻子這麼說，他總擺出一張臭臉，有時打從心底怨懟妻子不瞭解他，有時罵個兩句，有時甚至不由分說地駁斥妻子。聽在妻子耳裡，他那大動肝火的怒言和虛張聲勢沒兩樣。因此妻子也只是把「自吹自擂」訂正為「大吹大擂」。

他有個同父異母的姊姊[6]和一個哥哥。說到親屬也只有這兩家，但很遺憾的，他和這兩家都不常來往。與自己的兄姊疏遠是事實，這種異常現象他當然不好受，但比起親屬間的來

6 取材自漱石同父異母的姊姊阿房。

往，他更重視自己的工作。況且回到東京後，他和兄姊見過三、四次面了，對他言而已交代得過去。若非那個不戴帽的男人忽然擋住他的去路，他可能只是一如往常，每天規律地往返於千馱木的街道，大概不會走到別的地方去。這段期間，若星期天得以放鬆一下，他頂多也只是攤開疲累的四肢躺在榻榻米上，偷得浮生半日閒。

然而，下一個星期天來臨時，他猛然憶起在路上碰過兩次的男人，臨時起意前往姊姊家。姊姊住在四谷的津守坂附近，從大馬路進去約一百公尺處。姊夫算是健三的表哥，所以原本也是姊姊的表哥。健三不知他們是同齡或差一歲，但兩人看起來都比自己大一輪。姊夫曾在四谷區公所上班，後來辭職了，姊姊也不願搬離這熟悉之地，所以儘管此處離姊夫現在的工作地點有些遠，兩人還是住在原來的老房子。

四

姊姊有氣喘老毛病，一年到頭喘得吁吁叫，加上與生俱來的嚴重潔癖，對骯髒與雜亂相當神經質，除非喘得太難受，她絕不會坐著不動，總是在小房子裡轉來轉去擦擦抹抹。那靜不下來的粗俗模樣，看在健三眼裡萬分不捨。

姊姊也很愛喋喋不休，而且說起話來一點氣質也沒有。健三每次與她對坐，只能繃著一張臉默不吭聲。

與她說完話，健三總不免萌生這種感慨：

「因為她是我姊姊沒辦法。」

這天，健三一如往常看到姊姊束起和服袖子，在壁櫥裡翻找東西。

「哎呀，真難得，你居然來看我。來，這坐墊拿去坐。」

姊姊勸坐後，旋即去簷廊洗手。

健三趁姊姊不在，環顧客廳。看到橫楣掛著幼時看過的老舊匾額，落款寫著「筒井憲」，想起十五、六歲時，這裡的主人曾告訴他，筒井憲是旗本[7]出身的書法家，字寫得非常好。那時健三常來這裡玩，總是「哥哥，哥哥」地叫這裡的主人。以年齡來說，兩人是叔侄的差

7 江戶時代俸祿一萬石以下，直屬將軍的家臣。

距，卻常在客廳玩相撲，頻頻挨姊姊的罵。兩人也曾爬到屋頂摘無花果吃，將果皮扔到鄰家的院子裡，氣得鄰居找上門理論。有一次主人騙他，說要買一個盒裝的羅盤送他，他等了又等始終不見主人買來送他，對此也懷恨在心。此外也有過好笑的事，有一次他和姊姊大吵一架，氣得下定決心就算姊姊來向他道歉，也絕不原諒。偏偏等了又等，姊姊就是不來道歉。迫於無奈，他只好厚著臉皮去姊姊家，可又不好意思進門，只好一聲不響站在門口，直到姊姊喚他進去。

健三望著老舊匾額，恍如看著一盞照亮幼時記憶的探照燈，想著想著也深感內疚，覺得姊姊和姊夫以前那麼照顧自己，如今自己卻無法對他們抱有什麼好感。

「妳近來身體如何？沒什麼大礙吧？」

健三看著坐在對面的姊姊，如此問道。

「是啊，謝謝。託你的福，精神算是還好。不過不管怎樣，家裡的事還做得了。只是，我果然也上了年紀，實在沒辦法像以前那樣賣力幹活。以前你來玩的時候，我還能撩起和服下襬塞在腰帶裡幹活呢，連鍋子外面的底部都刷得一乾二淨，現在實在沒那個力氣了。不過託你的福，現在每天都有牛奶喝……」

儘管為數不多，健三每個月不忘給姊姊一些零用錢。

「妳好像瘦了點啊。」

「哪有，我本來就這樣瘦瘦的。我可是從來沒胖過喔。可能是脾氣不好吧。脾氣不好的人胖不起來呀。」

姊姊捲起袖子，伸出瘦骨嶙峋的手臂給健三看。她雙眼凹陷黯沉，半圓形的眼袋鬆弛微黑，顯得無精打采。健三默默凝視那隻粗糙乾癟的手。

「不過阿健，你變得這麼有出息真是太好了。你出國的時候，我還以為這輩子很難再見到你了，你居然平安無事回來了，爸媽如果還在世一定很高興。」

姊姊說得眼眶泛淚。健三小時候，姊姊常說：「等哪天姊姊有錢了，不管你喜歡什麼，姊姊都買給你！」正當健三喜上眉梢，姊姊也常補上一句：「不過你這孩子性情乖僻，一定成不了大器。」健三憶起姊姊以前說過的話和語氣，不禁暗自苦笑。

五

縱使往事浮上心頭，健三更在意的是久違的姊姊更顯蒼老了。

「話說，姊姊今年幾歲了呀？」

「我已經是老太婆了。過年又老了一歲了，你說呢？」

姊姊露出稀疏的黃板牙笑說自己的年紀。健三沒想到，原來姊姊實際年齡已五十一。

「這麼說，妳不只大我一輪。我原本以為我們頂多差十歲或十一歲呢。」

「怎麼會只大一輪？我可是比你大十六歲喔。你姊夫是羊三碧，我是四綠，我記得你是七赤[8]吧？」

「我不懂妳在說什麼，總之我三十六歲。」

「你看看九宮飛星圖，你一定是七赤啦。」

健三根本不懂怎麼看自己的星屬，年齡的話題就此打住，轉而問起姊夫比田的事。

「姊夫今天不在家啊？」

「他昨天又值大夜班了。如果是自己份內的班，一個月只要值三四次，可是有人拜託他代班，而且多值一點班也能多賺些錢，所以他就連別人的班也值了。最近公司和住家，他大概各住一半吧。搞不好住公司的日子還比較多呢。」

健三默默看向拉門旁的比田桌子。桌上整齊擺著硯台盒、信封和卷紙，一旁立著兩三本記帳用的筆記本，紅色書脊面對健三這邊。筆記本的下方還擺著一個雅緻發亮的小算盤。

近來八卦甚囂塵上，說比田最近勾搭上一個奇怪的女人，還把那女人安置在公司附近。因此健三心想，比田常說值夜班無法回家，其實是這個緣故吧。

「比田姊夫近來如何？他也有年紀了，應該比以前收斂多了吧？」

「哪有，還不是老樣子。他是生來為了獨自玩樂的男人，改不了的。只要身邊有點錢，不是去寄席[9]看表演，就是去劇場看戲，要不就去看相撲，一年到頭都在玩樂。不過說也奇怪，不曉得是上了年紀還是怎樣，現在比以前稍微溫柔了點。你也知道，他以前脾氣很大的，發起飆來拳打腳踢，還曾抓著我的頭髮在客廳轉呢……」

8「羊三碧」的「羊」，指十二生肖的羊。「三碧」「四綠」「七赤」都屬星相學的九星之一。

9 表演落語、漫才、浪曲、講談、雜耍等的曲藝表演場。

「不過姊姊也不是省油的燈，從沒來輸過。」

「哪有，我可是從來沒動過手喔。」

健三想起姊姊以前的霸氣模樣，不禁笑了起來。他們兩人打起來的時候，姊姊絕不像自己說的只會挨打，尤其她那張嘴伶牙俐齒比姊夫厲害十倍。儘管如此，性格頑強的姊姊依然被丈夫騙得團團轉，堅信丈夫沒回家一定是在公司過夜。想到這裡，健三不免心疼起這個姊姊。

「好久不見，叫點好吃的來吃吧？我請客。」健三望著姊姊的臉說。

「謝謝。雖然現在壽司也不是稀奇的東西了，那就叫壽司來吃吧。」

健三知道姊姊有個毛病，只要有客人來，不管什麼時間，非得讓人家吃點東西才肯罷休，只好穩穩坐著，打算將滿肚子的話緩緩說給姊姊聽。

六

近來健三可能用腦過度，總覺得胃不太舒服。時而會想起似的運動一下，卻益發覺得胸悶腹脹。他很留意飲食，一天除了三餐之外盡量不吃東西，但此時也敵不過姊姊的硬塞。

「吃點海苔捲對身體無礙啦。我可是特地叫了海苔捲要給你吃的，你一定要吃喔！不喜歡嗎？」

迫於無奈，健三只好將沒滋沒味的海苔捲塞進嘴裡，在香菸燻壞的口中不情願地嚼著。

姊姊實在太饒舌，說起話來滔滔不絕，健三遲遲沒機會說自己的事，只能被動聽姊姊說。後來他也漸漸不耐煩了，偏偏姊姊完全沒察覺到。

姊姊不僅喜歡請人吃東西，也喜歡送人東西，說要把健三之前很欣賞的老舊達摩掛軸送給他。

「這種東西掛在我家也沒用，你就拿去吧。別擔心比田，這種髒兮兮的達摩，他也不會想要的。」

健三沒說要不要收下，只是苦笑。不料姊姊像是要說什麼祕密，忽然壓低嗓門說：

「其實啊，阿健，從你回國後，我有件事一直想跟你說，可是拖到今天一直沒說。一方面也想說你剛回來一定很忙吧，再則就算我去你家找你，家裡也有阿住在，說起話來也不方便。如果用寫信的，你也知道我不識字……」

姊姊的開場白又長又滑稽。健三想起姊姊小時候，要她練習寫字，她總說自己記性很差，再怎麼簡單的字都記不住，這樣的女人竟也活到了五十歲。想到這裡，健三覺得姊姊很可憐，也為她感到羞愧。

「所以姊姊，妳到底想說什麼？其實我今天來也是有事想跟姊姊說。」

「這樣啊，那我先聽你說吧。你怎麼不早說呢？」

「我插不上嘴啊。」

「你是在跟我客氣什麼呀，我們可是姊弟喔。」

明明是自己愛說話堵住了對方的嘴，可是姊姊絲毫沒發現這個擺明的事實。

「還是姊姊先說吧。妳一直想跟我說什麼？」

「這話說來實在對你過意不去，真是難以啟齒。我年紀也大了，身體也衰弱了，再加上我老公是那種男人，只管自己過得爽就好，至於老婆會怎麼樣，總是擺出一副事不關己的態度。……他的月薪本來就不多，還要交際應酬什麼的，說沒辦法也是沒辦法……」

畢竟是女人，姊姊說話也是拐彎抹角，不繞幾個圈子不會輕易抵達目的地。但健三已明白她言下之意，總之就是要他每個月再多給一點零用錢。可是健三也聽說，現在給她的零用錢常被姊夫借走，因此對姊姊這個請求，既心疼又生氣。

「你一定要幫幫姊姊啊。姊姊這個身體恐怕也活不久了。」

這是姊姊最後說出的話。健三即使百般不願也難以拒絕。

七

健三還得趕回家，晚上得準備明天的工作。但姊姊絲毫不懂時間的價值，健三與她對坐，聽她沒完沒了的叨絮，實在痛苦難捱。正當他心一橫打算走人，起身之際終於說出不戴帽男人的事。

「其實我最近碰到了島田。」
「咦！在哪裡碰到？」
姊姊發出吃驚的聲音，而且像那些沒受教育的東京女人一樣，很愛故意做出誇張的表情。
「在太田原[10]的旁邊。」
「那不就在你家附近嗎？結果怎樣，你有跟他說話嗎？」
「說話？我跟他無話可說。」
「說得也是。你不主動跟他說話，他也沒立場跟你說什麼。」
姊姊說得像盡量在迎合健三之意，隨後又問了一句：「他穿什麼衣服？」接著又說：「果然不是過得很好啊。」語氣多少帶著同情意味。但說到那男人的過去，她語氣一轉充滿憎恨。
「再怎麼不懂人情世故，也沒有像他那麼鐵石心腸的。有一次他來我家，說今天是最後的期限，無論如何都要拿到錢。我怎麼跟他解釋都沒用，他動也不動坐在那裡賴著不走，後來我火氣也上來了就跟他說，很抱歉，要錢我沒有，如果可以用東西抵，鍋碗瓢盆隨便你拿。結果他居然說，那我拿走煮飯鍋。真是氣死我了！」
「拿走煮飯鍋？那麼重他拿得走嗎？」

「他那個人那麼頑固又貪婪，不管怎樣也會搬走吧。他根本存心讓我那天煮不了飯，就是這種壞心腸的人。這種人日後不可能有好下場啦！」

健三實在無法把這當笑話聽。因為那人和姊姊之間發生的事，背後其實也牽扯到自己過往的陰影。因此對健三而言，與其說可笑，毋寧是可悲。

「我碰過島田兩次了喔，姊姊。今後不曉得何時又會碰到。」

「沒關係，你裝作不認識就好了。不管碰到幾次都無所謂。」

「可是他故意經過那裡，會不會是在找我家？還是有事經過剛好碰到而已？」

這個疑問姊姊也無解，只是空泛地說些對健三有利的話。聽在健三耳裡，只覺得是口頭奉承話。

「後來他有再來這裡嗎？」

「有，可是這兩三年完全沒來了。」

「那兩三年前呢？」

10 本鄉區（現今文京區）千駄木的空地。

「兩三年前啊，倒也不是來得很頻繁，不過時不時會來。而且他很好笑喔，來的話一定是十一點左右，不請他吃個鰻魚飯或什麼的，他絕對不肯走人。他打的如意算盤就是，一天三餐，至少有一餐在別人家吃也好。做人小氣巴拉的，不過衣服倒是穿得不錯……」

姊姊說話很容易離題，但健三聽了大致也猜得出來，自己離開東京後，姊姊和那人果然還有金錢上的往來。可是除此之外就一無所知了，完全不知島田現在情況如何。

八

「島田還住在以前的地方吧？」

連這麼簡單的問題，姊姊也無法明確回答。健三有些失落，卻也不至於想主動去查島田現在的住處，因此也不算大感失望。他相信目前還不需大費周章去查他的住處，也認為即使費心去查，只不過是滿足好奇心。更且，他現在必須鄙視這種好奇心，不值得把自己寶貴的時間花在這裡。

他只需稍微想像，腦海便能浮現幼時看過的島田家，以及那個家周圍的情況。那裡有一條路，路邊有一條大溝渠，渠裡的水如死水長年不變，總是夾帶爛泥混濁不清，處處湧現藍黑色且惡臭撲鼻。他記得這塊骯髒地方的一角，有個叫做某某先生的宅邸。溝渠那邊有整排大雜院。這些大雜院，大概一間會有一個四角形窗戶開著，沿著石牆而建，綿延得很長，所以看不見宅邸裡的情況。

宅邸的對面，坐落著零星小平房。新舊房子參差交雜，街景當然雜亂無章，彷如老人的牙齒處處空缺。島田就在這裡買了一小塊空地，蓋了自己的房子。

健三不知那房子是何時蓋好的。他第一次去時，房子還很新，剛落成不久。那棟房子不大，只有四個房間，但木材看在小孩眼裡也知道是精挑細選，隔間也下了一番工夫。六疊榻榻米大的客廳朝東，鋪著枯松葉的小院子，立著一座過大的氣派花崗岩石燈籠。

島田很愛乾淨，常撩起和服下襬塞進腰帶，拿著濕抹布擦拭簷廊與柱子。然後光著腳丫，到朝南的飯廳前的庭院拔草。時而也會拿著鋤頭去疏濬門外的泥溝。泥溝上架著約四尺的木橋。

除了這棟房子，島田也另外蓋了一棟簡陋的出租房，並在兩棟房子之間鋪了一條三尺寬的路，以便走到房子的後方。房子後方談不上原野或農田，是一片沒有整頓的濕地，踩在草上就會滲出水來，最凹陷的地方始終像個淺水塘。島田也想在這裡蓋些小房子出租，但這個計畫一直沒能實現。他還曾說，到了冬天，野鴨會下來，到時候一定要抓個一隻……

健三不斷回想這些往事。儘管他也知道，若現在再去看，地貌想必變得令人吃驚，然而二十年前的情景，仍舊歷歷在目。

「說不定，我老公還是會寄賀年卡給你。」

健三臨走前，姊姊如此說。她想勸健三等比田回來聊聊再走，但健三認為無此必要。

這天，健三原本也打算去市谷藥王寺前的哥哥家，探望久違的哥哥，順便打聽一下島田的事，但天色已晚，加上他越來越強烈覺得問了也沒用，於是直接打道回駒込了。這晚，他又忙著準備隔天的工作，便將島田的事完全拋諸腦後了。

九

健三又回到平日的自己，得以將大部分精力用在自己的工作上。他的時間靜靜地流淌，然而在平靜的背後，始終有煩躁之事不斷折磨他。妻子只能遠遠地看著他，無法插手過問，因此顯得事不關己。看在健三眼裡，只覺得妻子不該如此冷漠。但妻子也同樣在心中埋怨丈夫，因為丈夫待在書房的時間越久，除了要事以外，夫妻間的交流時間也越少。

基於情勢所趨，她自然把健三獨自留在書房，自己只陪著孩子們。孩子們也很少進入書房，因為偶爾進去調皮搗蛋，一定挨健三責罵。健三很愛罵孩子，卻又對孩子不肯親近他而感到悵然若失。

下一個星期天來臨時，他完全沒外出。到了下午四點左右，想透透氣去了一趟澡堂，回來後頓覺身心舒暢，攤開四肢躺在榻榻米上，不知不覺睡著了。直到晚餐時刻，妻子叫醒他為止，睡得不醒人事。然而起來吃飯時，他感到背脊有股微微的寒氣由上往下竄，連打了兩個大噴嚏。妻子在一旁靜默不語。健三也什麼都沒說，但內心厭惡妻子缺乏同情心，就這樣悶悶吃著飯。而妻子也滿心怨懟，覺得丈夫為何不打開心扉，有事明說，讓她這個當妻子的能主動做點事。

這晚，健三清楚發現自己有些感冒，想早點睡以防病情惡化，卻又礙於手邊未完的工作，一直拖到十二點多才睡。當他想就寢時，家人早都睡了。他想喝碗熱呼呼的葛粉湯幫助發汗，可是家人都已入睡，只好死心窩進冰涼的被窩就寢。他感到前所未有的寒意，遲遲難以入眠，後來疲困的腦袋終究帶他進入了深沉夢鄉。

翌日醒來，家中格外安靜。他躺在床上心想，感冒已經好了。但就在他起身去洗臉時，猛地感到渾身無力，無法像平時那樣順利以冷水擦拭身體。他鼓起勇氣，勉強走到餐桌，卻絲毫沒胃口。平常早餐都定量吃三碗飯，這天只吃了一碗，便將梅乾放進熱茶裡，呼呼呼地吹氣喝完。他自己也不知道這意味著什麼。此時妻子也坐在一旁伺候他，但沒說半句話。他覺得妻子這種態度是故意在冷落他，而且技巧相當高明，使他心生不悅。於是他故意咳了兩三聲，但妻子依然沒理他。

健三匆匆從頭上套下白襯衫，換上西裝，準時出門。妻子如常拿著帽子送丈夫到玄關。但健三認為她是只重形式的女人，因此更加厭惡。

出門後，他依然感到畏寒，舌頭厚重乾糙，像發燒一樣，渾身充滿倦怠感。他按了按自己的脈搏，快得令他心頭大驚。指尖觸及的跳動感，與懷錶秒針的走動聲相互交錯，呈現出異樣的節奏。儘管如此，他依然咬牙撐著，在外面把該做的工作做完

十

健三按時回家，換下西裝時，妻子也如常拿著他的家居服在旁伺候。他卻一臉不悅，別過頭去。

「去鋪床，我要睡覺。」

「好。」

妻子照他的吩咐鋪好床，他立即進去躺下，完全不跟妻子說自己感冒的事。妻子也擺出一副完全沒發現的樣子。雙方在心裡埋怨對方。

健三闔上眼睛睡得迷糊之際，妻子來枕邊喚他的名字。

「要不要吃飯？」

「不想吃。」

妻子沉默片刻，沒有立即起身離去。

「老公，你怎麼了嗎？」

健三沒回答，將半邊臉埋在棉被裡。妻子也靜默不語，輕輕將手按在他額頭上。

到了晚上，醫生來了，診察後說可能只是感冒吧，給了藥水與藥劑。健三在妻子的協助下吃了藥。

隔天燒得更厲害了。妻子照醫生囑咐，將橡膠冰囊放在健三額上，並差女傭去買可以插在棉被下固定冰囊的鎳制控制器，這段期間她就一直用手穩住冰囊以防落下。

連著兩三天，家中氣氛彷如遭惡魔侵襲。但健三幾乎不記得這段期間的事。恢復元氣清醒後，他先是若無其事望著天花板，然後看到坐在床邊的妻子，這才猛然想起這幾天妻子對他的照顧，卻什麼話都沒說又轉過頭去。妻子完全不懂他的心思，於是開口問：

「你到底是怎麼了？」

「醫生不是說我感冒嗎？」

「這我知道呀。」

對話就此結束。妻子臭著一張臉走出房間。健三隨即拍手，又把她叫回來。

「除了感冒，我有怎樣嗎？」

「你還問我？你生病的時候，我勤於幫你更換冰囊，也餵你吃藥不是嗎？可是你動不動就叫我滾，還嫌我礙事，實在太過分……」

妻子說不下去，黯然垂頭。

「我不記得我說過這種話。」

「那是你發高燒的時候說的，你可能不記得了。可是，如果你不是平常就這麼想，再怎麼生病也不至於說出這種話吧。」

這種時候，健三通常不會去思索妻子所言究竟有幾分真實，更遑論自我反省，而是立即想以自己的聰明才智駁倒妻子。若撇開事實，單就理論上來說，妻子這時也是輸的。畢竟人在發高燒時，或是麻醉後昏迷時，甚至做夢時，說的未必都是心裡想的事。但這種理論絕不足以讓妻子心服。

「算了，反正你就是把我當女傭看，只要你自己過得好就好……」

妻子語畢起身走人。健三有些惱火地目送她的背影離去，壓根沒意識到他以理論權威來偽裝自己。在他滿是學問的腦袋看來，妻子對如此明顯的道理都無法由衷乖乖順服，簡直不可理喻。

十一

這晚，妻子用砂鍋端了粥來，再度坐在健三床邊，一邊將粥盛到碗裡，一邊問：「要不要起來吃？」

健三的舌頭還長著厚厚的舌苔，整個口腔厚重苦澀難受，完全不想吃東西。但不知為何，他竟從床上起身，接過妻子手中的碗，但也只是讓飯粒食不知味粗澀地滑過喉嚨，就這樣吃了一碗便擦擦嘴巴，隨即又躺了下去。

「你還沒有食慾啊？」

「一點都不好吃。」

妻子從腰際取出一張名片。

「你臥病在床的時候，這個人來找過你。因為你在生病，我就請他回去了。」

健三躺著伸出手，接過那張以上好鵝黃色和紙印刷的名片，看了一下姓名，是個沒見過也沒聽過的人。

「這人幾時來的？」

「我記得是前天吧。本來想跟你說一下，可是你燒還沒退，我就先擱著了。」

「我完全不認識這個人。」

「可是他說是為了島田的事想跟你談一談。」

妻子將「島田」二字說得特別用力，還盯著健三的臉看。於是健三腦海旋閃現，前陣子在路上遇見的不戴帽男人的身影。高燒剛退的他，之前完全沒機會想起這個男人。

「妳知道島田的事？」

「收到那個叫阿常的女人的長信時，你不是有說過？」

健三沒回話，只是把放下的名片又拿起來看。他不確定，島田的事究竟向妻子細說到什麼程度。

「那是什麼時候的事？很久以前了吧？」

健三憶起拿那封長信給妻子看的心情，不禁苦笑。

「對啊，大概有七年了吧。那時我們還住在千本通。」

千本通是他們當時居住的某城市郊區小鎮名稱。

過了半晌，妻子又說：「島田的事，我不用問你，也從你哥哥那裡聽說了。」

「我哥說了什麼？」

「說了什麼……就說島田不是什麼好人啊。」

妻子這話似乎在試探健三的心思，想知道更多島田的事。但健三的意向剛好相反，想避開這個話題，因此默默閉上眼睛。妻子見狀便端起裝著砂鍋和碗的托盤，但離去前又說：

「名片上的這個人還會來喔。他臨走前說，等你病好了改天再來。」

健三迫於無奈睜開眼睛。

「我想也應該會來吧。既然自稱島田的代理人，一定會再來。」

「可是如果他來了，你要見他嗎？」

坦白說，健三並不想見。妻子更不想讓丈夫見這個詭異的人。

「不見比較好吧？」

「見了也無所謂。反正沒什麼好怕的。」

妻子認為丈夫這句話又在耍頑固。健三的想法是，雖然不想見那個人，但見面是正確的方法，逼不得已也只好見了。

十二

過沒幾天，健三的病痊癒了。日子又一如往常，整天看書寫字，交抱雙臂沉思之際，病中那個白跑一趟的人，忽然又登門造訪了。

健三接過那張以鵝黃色和紙印製的眼熟名片，端詳著上面印的名字「吉田虎吉」。妻子在一旁低聲問：「你要見他嗎？」

「見，帶他去客廳吧。」

妻子貌似想阻止，顯得有些猶豫，可是看到丈夫神情堅定，也就不再多說，隨即走出書房。

吉田身材肥胖，體格魁梧，年約四十，穿著條紋和服外褂，繫著當時流行的白縮綢兵兒帶[11]，腰際掛著亮晶晶的懷錶鏈子。從他的說話方式，看得出完全是個商人，但也絕非正派商人。該說「原來如此」，他會故意拉長語氣說「原～來如此」；該說「您說的是」，他會故意以欽佩語氣說「您說的很有道理」。

以一般會見的順序，健三必須先問吉田的身分。但能說善道的吉田，沒等健三問起，便自行說明自己的來歷背景。

他原本住在高崎，常出入那裡的軍營，從事供應軍隊糧草的買賣。

「因為這層關係，我逐漸得到將校軍官的關愛，其中一位姓柴野的長官，特別對我照顧有加。」

健三聽到柴野這個姓氏猛然想起，島田第二任妻子的女兒就是嫁給姓柴野的軍人。

「所以您才認識了島田啊。」

接著兩人聊起這位柴野士官，譬如他現在已不在高崎，幾年前就調去更遠的西方，依然愛喝酒所以家境不怎麼富裕等等。這些都是健三初次耳聞，但沒有引起他多大興趣。健三對柴野夫妻沒有任何厭惡，只是一邊想著原來如此，一邊平心靜氣聽著。但切入正題後，吉田談起島田的事，健三便萌生厭惡了。

吉田滔滔不絕說著這個老人窮困潦倒的困境。

「因為他為人太好，終究受騙上當，全部賠得精光。明明沒有賺錢的希望，卻胡亂砸錢下去，才會搞成這樣。」

「因為他為人太好？恐怕是太貪婪才會這樣吧？」

縱使吉田所言不虛，老人面臨窮困潦倒的困境，健三也只能如此解讀。可是窮困潦倒就已令人質疑，健三當然也問起此事，重要的代理人卻不強加辯解，只輕描淡寫地說「或許是這樣吧」，笑一笑粉飾過去，但卻隨即提出一個請求，希望健三能每個月給島田一點錢。

為人正直的健三，只好把自己的經濟狀況，說給這個只有一面之識的男人聽。他說自己每個月的收入約一百二十三圓[12]，並詳加說明開銷情況，想讓吉田明白他每個月都沒有剩錢。

11 兵兒帶是孩童或男人繫的和服腰帶，通常用於居家或休閒時，屬輕裝型腰帶。

12 明治三十六年四月至四十年三月，漱石任教於第一高等學校與東京帝大英文科，一高的收入年薪七百圓，東京帝大年薪八百圓，以月薪來算合計約一百二十五圓。

吉田貌似誠懇地聽健三辯解，時不時應著「原～來如此」或「您說的很有道理」的老調，但究竟相信健三到什麼地步，又從何處開始懷疑，健三也不得而知。吉田只是始終擺出謙遜為主的手段，當然沒說險惡的言辭，也絲毫沒表現出類似勒索的態度。

十三

健三認為吉田要談的事應該解決了，暗自期待他早早離去。不料吉田的態度顯然背離他的期待。儘管不再提錢的事，吉田卻頻頻說著可有可無的閒話，持續賴著不走，說著說著又把話題轉回到島田身上。

「不曉得是怎麼回事，可能上了年紀的關係，老人最近總是說些令人擔憂的話。能不能請您和過去一樣，繼續和他來往呢？」

健三一時語塞，只能默默看向擺在兩人之間的菸灰缸，腦海裡清晰浮現那個撐著沉甸甸廉價粗布雨傘，以異樣眼神盯著他的老人身影。健三無法忘記以前受過他照顧，同時也無法壓抑自身人格反射出對此人的厭惡。夾在這兩種情緒之間，健三一時說不出話來。

「我今天是特地為了此事而來，能不能請您委屈點答應這件事？」

吉田的態度越來越恭敬。健三實在很討厭和島田來往，但也知道執意拒絕實在不近情理。因此即使厭惡，也決定做正確的事。

「既然如此，那好吧。請您轉告他，我願意。可是為了避免他誤解，也請您務必轉告他，縱使今後開始來往，也無法用以前那種關係來往。還有，以我目前的情況，我也很難常常出門去探望他老人家。」

「您的意思是，他可以來府上拜訪囉？」

聽到「來府上」這三個字，健三著實難受，不好答應又難以拒絕，只好再度緘默不語。

「沒關係，這樣就很好了。畢竟以前和現在情況不同了。」

吉田擺出終於完成任務的神情，說了這句話後，將剛才要抽不抽的香菸塞回腰際，連忙起身告辭。

健三到玄關送走他後，立即返回書房，往書桌一坐，心想得趕快解決今天的工作。可是人坐定了，心卻定不下來，總覺得心有罣礙，工作進度遲遲難以如願。

此時妻子來到書房門口，喚了兩聲老公，健三卻依然坐在桌前沒回頭。妻子見狀只好默默離去。健三就這樣一直工作到傍晚，但進度依然不甚理想。

這天健三很晚才出來吃晚飯。坐在餐桌時，他才開口與妻子說話。

「下午來的那個姓吉田的男人，到底是做什麼的？」妻子問。

「說是原本在高崎幫陸軍辦事的。」健三答道。

光是這樣一問一答，妻子當然無法明白。她希望丈夫能說明吉田與柴野，以及吉田和島田的關係，最好說到自己懂為止。

「反正是來要錢的吧？」

「是啊。」

「那你怎麼說？你肯定拒絕了吧？」

「嗯，我拒絕了。我也只能拒絕，不然還能怎麼辦。」

兩人各自思索著家中經濟狀況。每個月不斷的支出，而且非得支出不可的錢，都是他辛苦工作換來的報酬。但對妻子而言，要以這些錢來維持家計，一點都不輕鬆。

十四

健三說完就想起身離開，但妻子還有事想問他。

「然後他就乖乖走了？這也太怪了吧。」

「我都拒絕了，他也沒輒吧，總不能找我吵架。」

「可是他說不定先乖乖走人，以後還會再來喔。」

「來就來無所謂。」

「可是這樣很討厭耶，好煩哦。」

健三知道，妻子在隔壁房間偷聽了他與吉田的談話。

「其實妳都聽到了吧？」

丈夫如此一問，妻子既沒承認也沒否認。

「那這樣可以了吧。」

健三說完又起身打算回書房。他是個獨斷專行的人，打從一開始就堅信沒必要向妻子多做說明。關於這一點，妻子也認可是丈夫的權利。但也只是表面認可，心中始終忿忿不平。丈夫在各方面表現出的獨斷專橫，她當然很不舒服，總在心裡嘀咕丈夫為何不肯坦誠一點據實以告，卻沒想到自己完全沒有讓丈夫敞開心扉的天分與伎倆。

「你好像答應要和島田來往了？」

「嗯。」

健三擺出那又如何的表情。每當看到他這種表情，妻子便沉默不語。她的個性就是這樣，每當丈夫擺出這種態度，她就突然厭煩起來，不想再跟他說下去。那種受夠了的表情，反而更激起丈夫的反感，使他變得更專橫。

「這件事跟妳和妳的家族都無關，所以我自己決定應該無所謂吧？」

「跟我無關，當然不用考慮到我。就算有關，反正你也不會來問我的意見……」

妻子這話聽在做學問的健三耳裡，簡直完全離題，而且認為如此離題更證明了妻子腦袋很差，不禁在心中碎唸「又來了」。不料妻子立即回到問題的主軸，說了一件他不得不留神的事。

「可是事到如今跟那個人來往，對你父親過意不去吧？」

「妳說的父親是我老爸？」
「對啊，就是你親生父親。」
「我老爸早就死了。」
「可是他過世前就和島田絕交了，還交代以後不能和島田來往不是嗎？」
當時父親和島田吵架絕交的場景，健三記得很清楚。但對於自己的父親，他也沒有受到關愛的溫馨回憶，也不記得父親有把絕交的事說得如此嚴重。
「這件事妳從哪裡聽來的？應該不是我說的吧。」
「不是你說的。我是聽你哥哥說的。」
健三對妻子的回答不感意外，但父親的意思與哥哥說的話，都沒對他造成太大影響。
「我老爸是我老爸，我哥是我哥，我是我，這是沒辦法的事。站在我的立場，我沒理由拒絕和他來往。」
健三嘴上這麼說，心裡更意識到自己多麼痛恨與島田來往。偏偏妻子無法察覺他的心思，只是認為丈夫頑固的老毛病又犯了，只會一味反對別人的意見。

十五

健三小時候，島田常牽著他的手出去散步，還曾訂做一套小西裝給健三穿。那時連大人都不太穿外國服裝，因此裁縫師對小孩穿的西服也沒什麼概念。結果健三的小西裝，上衣腰身附近並排著兩顆釦子，胸前是敞開的，布料是黑灰底白細斑點的呢絨，穿起來硬梆梆且手感極為粗糙。下半身的淺褐色條紋西裝褲，更是只有馴馬師才會穿的款式。可是當時健三卻得意洋洋穿在身上，讓島田牽在路上走。

此外，那時健三戴的帽子也很希罕。那是一頂淺鍋狀的呢帽，猶如頭巾整個蓋住他的光頭，他卻非常滿意。有一次，島田牽著健三的手去寄席看魔術表演，魔術師借用了他的帽子當道具。當健三看到魔術師的手指從他寶貝的黑呢帽頂穿出來，滿是驚愕又擔心得要命。帽子回到手上後，他不曉得來回細細摸了多少遍。

島田也曾買了好幾條長尾金魚給他。只要是健三想要的東西，無論武將畫，彩色浮世繪，兩張一套或三張一套的浮世繪，島田通通買給他。他甚至有符合自己身體大小的緋色皮條鎧甲與龍飾頭盔，幾乎每天都會穿戴一次，揮舞金箔紙做的令旗。

健三還有一把小孩佩帶的短腰刀，刀柄上刻著老鼠拖紅辣椒的圖樣，老鼠是銀做的，紅辣椒是珊瑚做的。健三把它當作寶貝般愛惜。他常想把腰刀拔出來看看，而且拔過很多次，偏偏就是拔不出來。這個封建時代的裝飾品，也是島田好意送給健三的。

此外，島田也常帶他去坐船。船上一定有個穿短蓑衣的船夫在撒網。大大小小的烏鰡來到岸邊跳躍的模樣，看在他幼小的眼裡，恍如白金閃爍光芒。船夫有時會把船划到一兩里[13]外的海面上，連海鯽魚都捕得到。這裡的浪比較大，船身晃得厲害，他一下子就暈船了，所以常在船裡睡覺。他覺得最有趣的是捕到河豚。他會把河豚的肚子當作太鼓，用杉木筷子敲得咚咚作響，看到河豚鼓起肚子生氣的樣子很開心……

自從見了吉田之後，健三的腦海不時湧現這些幼時記憶。儘管都是支離破碎的片段記憶，卻也都鮮明地映在腦海。縱使是片段的，每一個片段都離不開島田。然而越是去追憶這些零碎記憶，牽扯出的記憶更是無窮無盡，而這些無窮無盡的記憶場景裡，一定交織著不戴

---

13 此處的里為日本長度單位，一里約三・九公里。

帽男人的身影。健三意識到這一點時，苦惱不已。

「這些情景都記得很清楚，為何我想不起那時的心情？」

這是健三很大的疑問。島田明明如此照顧過幼時的自己，自己卻把當時的心情忘得一乾二淨。

「可是這種事應該不會忘記，或許是我打從一開始就缺乏對他的感恩之情吧。」

健三如此剖析自己，認為可能是這樣。

他沒有把這個事件引發的幼時記憶告訴妻子。他認為女人情感脆弱說不得，甚至也不認為把這些事告訴妻子，就能緩和妻子的反感。

十六

預料中的日子終於來了。這天下午，吉田與島田一起來到健三家。

健三不知該對這位故人說些什麼，也不知該如何應對。如今他已完全缺乏不假思索就自然去招呼的衝動。他與這位二十多年不見的人促膝而坐，沒什麼久別重逢的懷念，反倒只是近乎冷淡地應答。

島田以前是以妄自尊大出名的人。光是這一點，健三的兄姊就很討厭他。其實健三內心也怕他這一點。而如今，若只是他說話的語氣就讓自己自尊心受傷，健三認為是自己自視過高。

然而出乎意料，島田顯得相當恭謹，說起話來像一般初次見面的人客客氣氣，而且似乎特別留意在句末使用敬語。健三憶起小時候，島田總是「小健，小健」地喚他。即使斷絕關係後，只要見了面，島田還是「小健，小健」地叫，使得健三又自然想起討厭的過去。

「可是這種狀況還好吧。」

儘管如此，健三依然努力不在兩人面前露出不悅之色。對方沒說半句惹健三不悅的話，看似也想平靜無波地離開。但也正因如此，雙方幾乎都沒提及能成為話題的往事，所以對話也落得斷斷續續。

健三驀然想起那天下雨早晨的事。

「前陣子，我兩次在路上遇見您，您常常經過那一帶嗎？」

「其實那是因為高橋的長女就嫁在那前面不遠處。」

健三一頭霧水，完全不知高橋是誰。

「哦……」

「你應該知道吧，就是那個叫『芝』的地方。」

健三想起小時候好像聽過，島田第二任妻子的親戚住在芝，那家人不是神官就是和尚。可是那家的親戚，健三只見過與自己年齡相近，名叫阿要的男生兩三次，不記得見過其他人。

「說到芝，我記得是阿藤的妹妹出嫁的地方吧？」

「不，是姊姊，不是妹妹。」

「哦。」

「只有要三死了，其他姊妹都嫁了好人家，過著幸福的日子喔。那個長女，你應該知道吧，嫁給了〇〇。」

這個〇〇的名字，健三倒是聽過，只是也已過世多年。

「他過世後留下女人和孩子，真的很頭痛啊。一有什麼事，他們就姨丈姨丈的跑來找我，非常仰賴我。再加上他們房子在整修，需要有人監工，所以我每天都會經過那裡。」

健三不由得想起島田曾帶他去池之端的書店買字帖的事。他買東西時，哪怕是一兩分錢，若不便宜賣他，他是絕對不會買的。那天只為了區區五厘錢的找零，島田竟硬坐在人家門口賴著不走。健三抱著董其昌的書法範帖站在一旁，覺得他那副模樣實在太丟臉，心裡很不高興。

「被這種人監工，木匠和水泥匠一定很火大吧。」

健三如此暗忖，看著島田露出一絲苦笑。可是島田似乎完全沒察覺。

十七

「不過，幸好○○是留下了書才走的，所以死後家裡也還過得去，生活上沒什麼大問題。」

島田說得好像○○留下的是人盡皆知的書。可惜健三並不知道○○出過什麼書，猜想可能是字典或教科書吧，但也沒興致多問。

「書真是好東西哪，出了一本就可以一直賣下去。」島田又說。

健三依然靜默以對。島田只好轉向吉田，大談出書是最賺錢的事。

「葬禮也結束了……不過他死後，家裡也只剩女人，所以其實是我去跟書店交涉，讓書店每年多少付一點錢給家屬。」

「哦！這真是了不起啊！原來如此，我懂了，做學問要花很多錢，總覺得很虧，可是學成出書後，投資報酬率就高了。這是沒學問的人比不上的啊！」

「到頭來很賺啊！」

健三對他們的交談內容完全沒興趣。而且他們一搭一唱越說越離譜，健三想插話也插不進去，無聊之際也只能在兩人之間看來看去，或是望向庭院。

庭院沒怎麼整修，顯得寒酸荒涼，除了一棵不知何時已修剪的新綠松樹，鬱鬱蒼蒼擠在圍牆邊，其他根本沒什麼像樣的樹。地面也沒打掃，淨是些小石子凹凸不平。

「這位老師也來賺上一筆如何？」

吉田突然轉而對健三說。健三不由得苦笑，迫於無奈也只好應付地說：「我也很想賺一點啊。」

「你一定沒問題，畢竟你留過洋啊。」

這話是島田說的，說得好像是他出錢讓健三留學似的，健三不禁繃起了臉。但島田向來不在乎這種事，儘管看到健三面有難色，也一派輕鬆裝作沒看到。最後是吉田將菸盒收進腰際，催促地說：「那我們今天就此告辭吧。」島田才露出想走的樣子。

送走這兩人後，健三回到客廳，再度坐在坐墊上，雙臂交抱沉思起來。

「他究竟是來幹嘛的？這簡直是來惹人厭的嘛。他覺得這樣很有趣嗎？」

健三的面前，依然擺著島田剛才帶來的伴手禮。他茫然地望著那粗糙的點心盒。妻子不發一語地收拾茶杯與菸灰缸。收拾完畢後，健三依然默默坐在那裡，妻子於是來到健三面前說：

「你還要在這裡坐下去啊？」

「不，我要站起來了。」

健三旋即起身。妻子又說：

「那兩個人還會來吧？」

「可能會。」

健三丟下這句話便走進書房。不久客廳傳來打掃聲，隨後又傳來孩子們爭搶點心的聲音。當一切都安靜下來後，黃昏的天空又下起了雨，健三想起一直想買的雨靴還沒買。

十八

連著下了好幾天雨。這天終於放晴後，璀璨的陽光從染印般的天空灑向大地。每天鬱鬱寡歡，只顧縫縫補補的妻子，來到簷廊邊仰望藍天，之後突然打開衣櫃的抽屜。

當她換好衣服來看丈夫時，健三正托腮呆呆地眺望骯髒的庭院。

「你在想什麼？」

健三聞言轉頭，看到妻子穿著一身外出服。剎那間，他那早已熟悉妻子的雙眼，猛地看出妻子身上有種新韻味。

「妳要出門啊？」

「對啊。」

妻子的回答過於簡潔，他又回到先前的寂寥中。

「孩子呢？」

「孩子我也會帶走。留在家裡，你只會嫌他們吵吧。」

於是健三獨自度過了一個安靜的週日午後。

妻子回來時，他已吃過晚餐回到書房裡，而且已經點燈一兩個小時了。

「我回來了。」

她沒說我回來晚了，而且一臉冷淡，使得健三很不高興，所以他只轉頭看了看，沒有應答。結果如此一來，又使妻子心裡蒙上一層陰影。妻子站了一會兒，便走去客廳。

就這樣，夫妻間失去了對話機會。他們不是那種見了面自然就想說點什麼的和睦夫妻，而且彼此都認為，表現出親密的樣子反而過於庸俗陳腐。

過了兩三天後，妻子才在吃飯時提起那天外出的事。

「前幾天，我回了一趟娘家，碰到了九州門司的叔叔，嚇了我一大跳。我還以為他在台灣呢，不知道何時已經回來了。」

說到這位門司的叔叔，親友們都知道要提防他。健三還在外縣市工作時，他曾突然搭火車跑來，說是有急需，拜託健三一定要借他一點錢。健三只好去當地銀行提了一點錢借他。

後來他寄來一張貼有印花的正式借據，上面連利息要付多少錢都寫了，健三還認為他過於老實，不料借出去的錢一去不返。

「他現在在做什麼？」

「我也不知道他在做什麼，只說要開公司什麼的，請你一定要支持，還說最近會來拜訪你。」

健三覺得沒必要再問下去。因為這位叔叔上門借錢時，也是說要開什麼公司，當時他信以為真。岳父也不疑有他。這位叔叔還花言巧語說服了岳父，把岳父拉到門司去，讓他看一棟毫無關係根本是別人在蓋的房子，謊稱是自己正在蓋的公司，以這種手段騙走了岳父好幾千圓。

健三壓根不想再知道這個人的事，妻子也不願再多說，可是對話卻不像以往就此結束。

「那天因為天氣很好，我也久違繞道去了你哥哥家。」

妻子的娘家在小石川台町，健三的哥哥家在市谷藥王寺前，所以妻子從娘家去哥哥家並不會繞太遠。

十九

「我把島田來我們家的事跟你哥哥說，他非常驚訝喔，還說事到如今那個人居然還有臉來，叫你別理那種人。」

妻子露出了些許勸阻之色。

「妳是為了這件事，特地繞去藥王寺前吧？」

「幹嘛這樣挖苦我。你為什麼老是把別人做的事往壞處想？我是因為很久沒去探望哥哥，覺得不好意思，所以回程順便去看了一下。」

健三很少去哥哥家，妻子偶爾去探望也算是替丈夫盡點人情義理，所以健三再怎麼樣也沒有抱怨的餘地。

「你哥哥很擔心你喔，說你跟那種人來往，搞不好哪天又招來什麼麻煩。」

「麻煩？會有什麼麻煩？」

「事情還沒發生，你哥哥當然也不知道呀。不過反正不會有什麼好事啦。」

健三也不認為會有什麼好事。

「可是在人情義理上說不過去。」

「既然是給了錢才斷絕關係，哪有什麼人情義理說不過去的。」

斷絕關係時，健三的父親以養育費之名，給了島田一筆錢。那是健三二十二歲那年春天的事。

「更何況，給他那筆錢之前的十四、五年，你早就被領回自己家養了。」

究竟從幾歲到幾歲是島田撫養的，健三自己也搞不清楚。

「從三歲到七歲啦，你哥哥是這麼說的。」

「哦，這樣啊。」

健三回顧自己如夢境消失般的往昔。他的腦海浮現出許多，唯有戴上眼鏡才看得清的細小畫面。但每個畫面都沒有標註日期。

「據說契約上白紙黑字寫的很清楚，一定不會錯吧。」

健三沒看過自己與島田脫離父子關係的文件。

「你不可能沒看過，一定是忘了啦。」

「可是，就算我八歲回到家裡，正式復籍之前，多少還是有些往來，也不能說完全斷絕關係。」

此時妻子居然噤聲不語，健三感到些許落寞。

「其實我也覺得很不是滋味喔。」

「那就別跟他來往啊。事到如今，你跟那種人來往太沒意思了。他到底想怎樣啊？」

「這我也不懂。我想他也覺得很彆扭吧。」

「你哥說，他一定是為了錢來的，要你千萬小心。」

「錢的事，我打從一開始就拒絕了，應該沒問題。」

「可是難保他以後不會提出什麼要求啊。」

妻子打從一開始就有這種預感。健三是個愛講道理的人，自認已經防堵了這個問題，但妻子如此一說，他又萌生些許不安。

二十

這份不安，多少影響了他的工作。但工作繁忙的程度終究也掩埋了這不安的陰影。島田再度出現在健三家門口，已是月底了。

妻子拿著一本用鉛筆寫得亂七八糟的帳簿，來到健三面前。

健三向來把自己在外面賺的錢全部交給妻子，但妻子從未在月底把支出明細拿給他看，因此健三深感意外。

「總會有辦法吧。」

健三經常這麼想。自己需要錢的時候就不客氣向妻子要，光每個月的買書錢就是一大筆開銷。可妻子還是一副雲淡風輕，以致於不諳理財的健三也懷疑妻子是否過於散漫，所以他曾對妻子說：

「每個月的帳目都要記清楚，確實給我看。」

妻子一臉不悅。她認為打著燈籠都找不到像自己這麼忠實的管家了。

「好。」

她只應了這麼一句。可是到了月底，她依然沒拿帳簿給健三看。健三心情好的時候也隨便她，但心情差就會故意逼她把帳簿拿出來。偏偏自己看了又覺得亂糟糟的看不懂，即使聽了妻子說明，看懂了帳面上的內容，但每個月實際要吃多少菜，需要多少米，價格是不是太貴，或是太便宜，他依然完全沒概念。

這次他從妻子手裡接過帳簿，也只是大致看了一下。

「有什麼不對勁的地方嗎？」

「得想想辦法才行啊……」

妻子詳細說明目前的家中開銷給丈夫聽。

「真是神奇，這樣居然也能撐到今天啊。」

「其實每個月都沒剩錢。」

健三也不認為會有剩。譬如他記得上個月底，四、五個老朋友說要去郊外走走，也寄了邀請信給他，他只因拿不出兩圓的會費就婉拒同行了。

「不過勉強過得去吧。」

「不管過得去過不去，我們只能靠這些收入活下去，別無他法。」

這時妻子難以啟齒地說出，她把收在衣櫃抽屜的和服與腰帶拿去典當的事。

健三以前經常目擊，姊姊和哥哥以包袱巾將自己的禮服包起來，悄悄拿出去又悄悄拿回來的情景。那副小心翼翼生怕別人知道的模樣，宛如見不得人的罪犯，在他年幼心靈中烙下悽楚的印象。如今得知妻子也偷偷拿和服去典當，更是倍感辛酸。

「妳說拿去當，是妳自己拿去當鋪嗎？」

健三沒去過當鋪，妻子更是比自己更缺少貧困經驗的人，不可能一派輕鬆進出那種地方。

「不，我是拜託別人去。」

「拜託誰？」

「三野家的老太太。她住的那一帶有她經常往來的當鋪很方便。」

健三沒再問下去。身為丈夫，沒做過一件像樣的和服給妻子，還得讓妻子拿娘家帶來的東西去典當，無疑是丈夫的恥辱。

二十一

健三決心再多做一點工作[14]。這份來自決心的努力，不久就變成每個月的幾張鈔票，交到妻子手上。

他從西裝內袋掏出剛收到的信封袋，原封不動放在榻榻米上。妻子默默拿起往背面一看，立即明白這錢是怎麼來的。健三就是如此默默地補貼家用。

此時妻子並沒有顯得特別高興。她覺得丈夫把錢交給她時，若能添上幾句溫柔話語，自己一定能自然地展露笑容。而健三則認為，妻子若能開心地收下這些錢，自己也會對她說幾句溫柔話語。因此，想以因應物質要求賺來的錢，來滿足兩人之間的精神需求，毋寧可說失敗而終。

過了兩三天，妻子為了彌補這個缺憾，拿了一塊和服布料給健三看。

14 漱石原本已在第一高等學校與東京帝大當講師，後來又去明治大學當講師，一週三小時，月薪三十圓。

「我想給你做件和服，你覺得這塊布如何？」

妻子滿臉燦笑，閃著光芒。偏偏看在健三眼裡只是拙劣的技巧。他懷疑妻子動機不單純，因此沒有刻意迎合她的殷勤。妻子見狀便冷冷地起身離去。妻子走了以後，他不禁反思為何非得如此冷落妻子，為何會被自己這種心理狀態制約，越想越覺得心煩。

當下一次有機會與妻子交談時，他這麼說：

「我絕非妳所認為的冷酷之人。我只是壓抑自己的溫暖愛情，不讓它流露出來，逼不得已才會這麼做。」

「沒有人會做這麼壞心眼的事吧？」

「妳自己不是常做嗎？」

妻子忿忿地瞪向健三。健三的理論對她不管用。

「你最近精神很反常喔。為什麼就不能更心平氣和地看我？」

健三沒心思聽妻子說話。他氣自己不自然的冷漠態度，卻又不知如何是好，感到痛苦萬分。

「既然你覺得沒有對誰怎樣，又何必一個人在那邊痛苦。」

兩人都覺得彼此是無法徹底談心的人。因此兩人也都認為沒必要改變現在的自己。

健三新兼的工作，以他的學識與教育來說，並非什麼困難之事。只是他厭惡花費在此的時間與努力。對目前的他而言，無意義地消磨時間最可怕。他是個想在有生之年，完成一些大事，且必須完成的人。

他做完多兼的工作回到家時，總是已經夜暮低垂。

這天，他拖著疲憊的步伐匆匆回家，粗暴地拉開玄關的格子門，只見妻子趕忙從裡面出來劈頭就說：「那個人又來了啦！」妻子向來稱島田為「那個人」，因此健三從她的表情和話語，大致猜到自己不在家時來了什麼人。他默默走進飯廳，在妻子的協助下脫掉西裝，換上和服。

二十二

健三坐在火盆旁抽起一支菸，不久晚飯便端到他面前，他立即詢問妻子：

「有進來嗎？」

這突來的問題，聽得妻子霎時一頭霧水，愣了半晌後，看著丈夫在等她回答的表情才恍然大悟。

「你是說那個人？可是那時你不在家呀。」

妻子辯駁地說，好像自己沒讓島田進來惹得丈夫不高興似的。

「妳沒讓他進來？」

「對啊，只在玄關聊了一下。」

「他說了些什麼？」

「說是早該來拜訪的，因為外出旅行一段日子沒能來探望，很抱歉。」

「很抱歉」聽在健三耳裡是一種嘲弄。

「他外出旅行？我不認為他鄉下老家有事。他有跟妳說去哪裡嗎？」

「這倒是沒說，只說女兒拜託他去一下，他就去了。大概是去那個阿縫家吧。」

阿縫嫁給一個姓柴野的人，健三記得以前見過他，不久前也從吉田那裡得知柴野目前的駐派地，是在有師團或旅團駐紮的中國地區[15]某個城市。

健三陷入沉思突然不說話，妻子觀望片刻後，開口問：

「阿縫嫁的是軍人嗎？」

「妳知道的真多啊。」

「有一次聽你哥哥說的啦。」

健三憶起以前見過的柴野與阿縫。柴野肩寬胸闊，膚色黝黑，五官端正，算是相貌堂堂的男人。阿縫也是身材苗條的美女，臉蛋橢圓，肌膚白皙，尤其濃密的睫毛與丹鳳眼最是迷人。他們結婚時，柴野還只是少尉或中尉。健三記得去過他們的新家一次。那時柴野剛從部隊回來，身材顯得特別壯碩，瀟灑地拿起長方形火盆架上的酒杯，直接將杯裡未熱的冷酒一

15 此處的中國地區，指日本的一個區域，位於本州西部。

飲而盡。阿縫露出雪白肌膚，在鏡台前梳頭。健三則不斷捏起自己盤中的壽司往嘴裡塞……

「阿縫長得很漂亮嗎？」

「為什麼這麼問？」

「因為聽說她曾經要嫁給你？」

確實有過這回事。那時健三還十五、六歲，有一次他讓朋友在路上等，自己想順道去一下島田家，正巧阿縫站在島田家門外的泥溝橋上望向馬路這邊，看到健三迎面走來，對他微笑點頭致意。健三的朋友是剛開始學德文的人，看到這一幕便消遣健三說：「真是妻倚門前盼君歸啊。」但阿縫比健三大一歲，而且那時健三對女人既沒有美醜的鑑別，也沒有所謂的好惡。後來他也萌生了一種近似羞赧的奇妙情愫，要想接近女人，可是基於一種自然力量，他反而像皮球般被女人彈回來。他與阿縫的婚事，姑且不提是否會有別的麻煩，壓根是無法成局就被迫放棄了。

二十三

「為什麼你後來沒娶阿縫？」

健三猛地從飯菜抬眼，猶如在追憶夢中被驚醒之人。

「哪有什麼娶不娶的問題。那根本只是島田一廂情願的想法，況且那時我還只是個孩子。」

「她不是那個人的親生女兒吧？」

「當然不是。阿縫是阿藤帶過來的孩子。」

阿藤是島田的第二任妻子。

「不過，如果你和阿縫結婚，現在會過得怎樣呢？」

「我怎麼知道，我又沒跟她結婚。」

「說不定很幸福呢。」

「或許吧。」

健三面露慍色。妻子只好噤聲。

「問這種事幹嘛？無聊透了。」

妻子覺得丈夫在責備她。她沒勇氣往前再跨一步。

「反正你打從一開始就不喜歡我……」

健三放下筷子猛抓頭，抓得頭皮屑都開始掉落了。

之後兩人便回去各自的房間。孩子們來書房向健三道晚安後，健三又繼續看他的書。妻子哄孩子們睡覺後，開始做起白天剩的針線活。

阿縫的事成為兩人之間的問題，是過了一天之後，而且導火線來得很突然。

這天妻子拿了一張明信片來書房給健三。通常她把東西交給丈夫就轉身離去，但這次她非但沒離去，反倒在丈夫身旁坐下。健三接下明信片卻遲遲沒有要看的意思，妻子終於忍不住催促：

「這明信片是比田姊夫寄來的喔！」

健三這才從書本抬起頭來。

「說是關於那個人，有事找你談一談。」

健三看了看明信片，上面確實寫著因島田的事想請健三去一趟比田家，並註明了日期與時間，且鄭重表示歉意，說讓他專程跑一趟委實過意不去。

「會是什麼事呢？」

「我也不知道，看不出要商量什麼，而且我也沒事要跟他商量。」

「會不會是大家想勸你別跟那個人來往？信上說你哥哥也會去。」

正如妻子所言，信上確實提到哥哥也會去。

看到哥哥的名字，健三腦海又倏然浮現阿縫的身影。當時島田想撮合阿縫與健三，讓兩家關係更為緊密，但阿縫的生母卻希望女兒能和健三的哥哥結為夫妻。

「如果能和阿健結為親家，我也能常去阿健家了。」

阿藤曾對健三如此說過。回想起來也是很久以前的事了。

「可是阿縫現在嫁的人，是很久以前就許婚的吧。」

「許婚那種事，想退也是可以退吧。」

「阿縫自己究竟想嫁給誰呢？」

「這種事我怎麼會知道。」

「那你哥是怎麼想的?」
「這我也不知道。」
健三的兒時記憶裡，根本沒有這種帶著人情味且能回答妻子問題的材料。

二十四

不久健三寫了回信，答應前去。到了指定之日，依約前往津守坂。
他是很守時的人，個性嚴謹耿直，卻也造成他的神經質。他在路上掏出了兩次錶來看。其實現在的他，從起床到睡覺，始終被時間追著跑。
他邊走邊思索自己的工作。那些工作遲遲無法如願進行，覺得朝目的地前進了一步，目的地卻又遠離了他一步。
想著想著，他又想到妻子的事。以前妻子歇斯底里的毛病很嚴重，現在雖然減輕了些，卻依然在他心裡投下不安的陰影。接著他也想到妻子娘家的事，那個家庭似乎已遭受經濟壓力衝擊，彷如坐船時緩緩的晃動，給他帶來精神上的不安。

他不得不將姊姊、哥哥，和島田的事放在一起思考。在這一切帶著頹廢陰影與凋落色彩中，也不得不把有血緣歷史關係的自己放進去一併思考。

來到姊姊家時，他心情沉重，卻表現得相當興奮。

「哎呀真不好意思，特地把你叫來。」比田客氣地向健三打招呼，態度已和以前不同。在世事更迭變化中，如今健三已成為比姊夫更優秀的人，但這份自豪對他不是一種滿足，反倒是一種痛苦。

「我本來想去你那裡，可是東忙西忙脫不了身，就像我昨天還值夜班呢！其實今晚也有人拜託我幫忙值班，因為和你有約，我就拒絕了，但也忙到剛剛才回來呢！」

若光聽比田這番話，那些傳言他在公司附近金屋藏嬌的八卦，簡直像空穴來風。以老派的說法，他只是個會打算盤和讀寫的人，沒什麼學問也沒才幹，現在的公司應該不會器重他。——健三心裡甚至湧現這種疑問。

「姊姊呢？」

「阿夏氣喘的老毛病又犯了。」

比田說得沒錯，姊姊靠在針線箱的枕頭上吁吁地喘著。健三到飯廳一看，只見姊姊蓬髮散亂，面容憔悴。

「妳還好吧？」

她連抬頭的力氣都沒有，只能側著小臉看向健三。她似乎很努力想和健三打招呼，可是話到喉嚨，已停歇的咳嗽又發作起來，一陣接著一陣咳個不停，光在旁邊看都令人心疼不已。

「看起來很難受啊。」

健三皺起眉頭，自言自語般低吟。

一名年約四十的陌生女子，從身後幫姊姊撫背，旁邊有個托盤放著一瓶麥芽糖，瓶裡插著一根杉木筷。這名女子向健三欠身致意：

「我跟您說，她從前天就開始了。」

這些年來，姊姊氣喘發作時，經常連著三四天無法進食也無法睡覺，整個人都憔悴下去，之後又靠強韌的生命力慢慢恢復。健三並非不知道這一點，只是看到姊姊咳得如此劇烈，喘得像快沒氣似的，反而比生病的人更擔憂。

「她一說話就咳，還是讓她靜養吧，我到那邊去。」

趁姊姊情況穩定了些，健三如此說道，隨即又返回客廳。

二十五

比田若無其事在看書，健三要去飯廳慰問姊姊時，他只說了一句：「沒事啦，反正是老毛病了。」同樣的事每年重複好幾次，漸漸地這個男人對妻子的衰弱可憐，似乎也絲毫不覺感傷了。其實結縭快三十年，他也從未對妻子說過一句溫柔話語。

比田看到健三回到客廳，立即將看到一半的書往桌上蓋，摘下金屬框眼鏡。

「你去飯廳的時候，我看了一下無聊的書。」

比田與讀書，這又是極其不搭的兩碼子事。

「那是什麼書？」

「沒什麼啦，是你不會看的書，只是一本舊書。」

比田笑著拿起蓋在桌上的書，遞給健三。意外地竟是《常山紀談》[16]，健三有些驚訝。但自己的妻子咳得快喘不過氣了，他竟能事不關己聽著妻子咳嗽，還若無其事看著這種書，這也充分顯現出這個男人的本性。

「我是老派的人，喜歡這種老舊的故事書。」

他把《常山紀談》當作普通故事書，幸好沒誤以為這本書的作者湯淺常山是說書人。

「這個人是學者吧。他和曲亭馬琴[17]誰比較厲害？我也有馬琴的《八犬傳》喔。」

確實，他的桐木書箱裡，整齊疊放了一套日本紙鉛字印刷的《八犬傳》。

「阿健，你有沒有《江戶名所圖繪》？」

「沒有。」

「那書很有趣，我非常喜歡。如果你想看，我借給你吧。看了這書會知道江戶時代的日本橋和櫻田喔。」

他從壁龕的另一個書箱裡，取出一兩本淡藍高級美濃紙封面的舊書，當健三是個連《江戶名所圖繪》都沒聽過的人。其實健三幼時曾在儲藏室找出這本書，一頁頁仔細欣賞裡面的插畫。那是一段最享受的時光，也是健三懷念的過往，書中他記得最清楚的是，描繪駿河町的越後屋[18]門簾與富士山。

「現在我已經沒有以前那種悠閒心情了，也沒閒工夫閱讀和自己的研究沒有直接關係的書，就算想騰出一點時間也沒辦法。」

健三在心裡如此思忖，更覺得現在的自己只會不停地焦慮，著實可恨又可憐。

哥哥到了約定的時間還沒來，比田為了填補這個空檔，不斷講書本的事。他似乎深信只要聊書本，無論聊多久健三都不會煩。可惜他的知識水準，也只能把《常山紀談》當普通故事書看。儘管如此，他還是將以前出版的《風俗畫報》一冊不漏地裝訂保存。

書的話題聊完後，他不得不換個話題。

「阿長應該快來了吧。他說得那麼肯定，應該不至於忘記。而且我今天要值夜班，最晚十一點前還得趕回公司。不然去接他好了，你覺得如何？」

16《常山紀談》為江戶中期儒學家湯淺常山（一七〇八—一七八一）的隨筆史談集。

17 曲亭馬琴，本名龍澤興邦（一七六七—一八四八），江戶末期的劇作家。作品多標榜勸善懲惡，文風雅俗折衷，《八犬傳》為其代表作之一。

18 越後屋是江戶時代三井家族經營的吳服店，現今三越百貨的前身。

這時姊姊好像又起了變化，劇烈的咳嗽聲猶如著火般從飯廳傳來。

二十六

不久，門口傳來開門聲與脫木屐的聲音。

「好像終於來了！」比田說。

但那個腳步聲通過玄關，便直接進入飯廳。

「又犯病了啊？嚇了我一跳，我一點都不知道。什麼時候開始的？」

短短幾句話彷如感嘆又像質問，傳進坐在客廳的兩人耳裡。那聲音果如比田推測，是健三的哥哥。

「阿長，我們一直在等你呢！」

性急的比田立即在客廳喊道。那副不管妻子喘得怎樣都無所謂的語氣，如實顯露出這個男人的特質。大家都說「他是自私自利的人」，這種時候他想到的還是只有自己。

「我這就過去！」

長太郎似乎也有些生氣，儘管嘴上這麼說，卻遲遲沒走出飯廳。

「喝點米湯也好。不要？可是什麼都不吃，身體撐不住啊。」

姊姊喘得呼吸困難，無法答話，那位幫姊姊按摩背部的女人幫她一一回答。平時哥哥比健三更常來姊姊家，和這位健三不認識的女人似乎也彎熟的，因此兩人也很難一下子把話說完。

比田一臉氣鼓鼓的，像晨起洗臉般，以雙手亂搓他那張黑臉後，低聲對健三說：

「阿健，你看，就是這樣令人頭痛，話真多吶！我真的沒輒，只好請你出面了。」

比田顯然是在抱怨那個健三不認識的女人。

「她是什麼人？」

「她就是梳頭的阿勢呀。以前你來玩的時候，她不是經常在我家嗎？」

「我不認識耶。」

「你怎麼可能不認識，就是阿勢呀。她那個人啊，就如你也知道的，對人真的很親切也很真誠，是個好女人，但就是話太多了，讓人傷透腦筋。」

這話聽在不瞭解情況的健三耳裡，只覺得比田是為了自己的方便而誇大其詞，難以讓他信服。

此時姊姊又咳起來了。這次一直咳到停止之前，比田也默不作聲。長太郎也沒走出飯廳。

「好像咳得比剛才更嚴重啊。」

健三有些擔憂，說著便打算起身。比田立刻攔住他。

「沒關係！不要緊不要緊！她那是老毛病了不要緊！不知道的人看了會很吃驚，我看了這麼多年早就習慣了，沒事的。要是她每次發作我就擔心害怕，根本沒辦法和她一起生活到今天。」

健三不知如何回答，只是想起妻子歇斯底里發作時，自己痛苦的感受，不由得兩相對照。等到姊姊的咳嗽終於停歇後，長太郎才來到客廳。

「真的很抱歉，我應該早點來的，不巧家裡來了稀客。」

「唷！你終於來了啊！阿長，我們等了很久喔。開什麼玩笑嘛。我正想派人去接你呢！」

比田的語氣相當隨便，他認為自己有資格對健三的哥哥如此說話。

二十七

三人立即進入正題。比田最先開口。

比田是那種即使談一點小事，都要裝得煞有介事的人。他認為只要裝得煞有介事，別人就會強烈肯定他的存在。因此大家常在背後笑他，「只要一個勁兒地叫比田先生比田先生，他就會很爽了」。

「話說，阿長，這下該怎麼辦？」

「就是啊。」

「我覺得這壓根兒沒道理，甚至不需要跟阿健說。」

「可不是嘛。事到如今把那件事翻出來，我們根本沒必要理他。」

「所以我也拒絕了。我還跟他說，事到如今搬出那種事，簡直像親手殺了自己的孩子，然後跑去寺廟求菩薩讓孩子活回來，叫他別做這種事。可是不管怎麼說，那個老傢伙就是坐在那裡動也不動，真是拿他沒轍。不過如今他敢厚著臉皮來我家，坦白說，還不是跟以前那個錢有關。但那都已經是八百年前的事了，而且又不是白借的……」

「他本來就不是會吃虧的人。」

「可不是嘛，嘴巴上說什麼親戚間的來往，可是只要談到錢，他比誰都貪得無厭，不近人情。」

「他來找你的時候，你就該這麼跟他說的。」

比田與哥哥越扯越遠，遲遲回不到正題。尤其比田似乎已經忘記健三的存在了，逼得健三不得不適時插嘴。

「究竟怎麼回事？島田也突然來這裡嗎？」

「哎呀，不好意思，特地請你過來，我卻自顧自說個不停。那麼阿長，我把事情的始末告訴阿健吧？」

「好，請說。」

事情意外地單純，就是有一天島田突然來找比田，說自己年紀大了無依無靠很害怕，拜託比田轉告健三，希望健三能像以前一樣恢復姓島田。比田對這突如其來的請求大吃一驚，一開始也拒絕了。可是無論怎麼說，島田就是賴著不走，比田只好答應將他的意思轉告健三。事情也只是這樣。

「這有點奇怪啊。」

健三左思右想都覺得奇怪。

「是很奇怪啊。」

健三的哥哥也同感。

「實在太怪了，可能六十幾了，腦袋有點發昏了。」

「是太貪財才發昏的吧？」

比田和哥哥哈哈大笑，唯獨健三笑不出來。他總覺得這件事很怪，被這種心情制約了笑不出來。以理智判斷，他認為不該有這種事，卻也想起與吉田第一次的談話，以及後來吉田和島田一起來家裡的情景，最後想到他不在家時，島田獨自來訪說是從外地旅行回來。但無論怎麼回顧這些場景，都不該衍生出這種結果。

「實在太奇怪了。」

健三自言自語又說了一次，接著終於轉換心情說：

「可是這也不成問題吧，只要拒絕就行了。」

二十八

就健三來看，島田的要求不合理到莫名其妙，所以要處理也很容易，只需簡單拒絕即可。

「可是不把這件事跟你說，會變成我的錯啊。」比田說得像在自我辯護。他非得把這個聚會搞得正經八百才甘心，因此說話也會見風轉舵。

「更何況，對方是那種人喔。萬一有個閃失，不知道他會做出什麼事，千萬要小心應對。」

「如果是老糊塗了，應該可以不用理他吧？」哥哥半開玩笑指摘比田的矛盾。不料比田反而更認真了起來。

「老糊塗才恐怖呢！要是一般正常人，我肯定當場一口回絕。」

雖然談話過程中常出現這種曲折，話題最終還是回到正軌，決定由比田代表出面拒絕島田的要求。儘管三人各所有思，但這也是三人從一開始就預期的結果。只是看在健三眼裡，抵達這個結果所繞的路，實在太過浪費時間。但就人情義理來說，他還是得感謝比田。

「哪裡哪裡，謝什麼嘛，不敢當。」比田嘴上這麼說，卻掩不住滿臉得意。那副得意忘形的模樣，任誰看了都不像忙得無暇回家的人。

比田隨手拿起鹹煎餅，咯吱咯吱地吃個不停，期間還在他的大茶杯裡續了好幾次茶，就這樣吃吃喝喝。

「你還是一樣很能吃啊。現在也能吃兩份鰻魚飯吧？」

「不行了，人到五十就不行了。以前我還曾在阿健面前，一口氣吃掉五碗炸蝦蕎麥麵呢。」

比田一直是個很能吃的人，而且以大胃王自豪，喜歡別人誇他肚子大，一有機會就拍肚子給人看。

健三想起以前比田帶他去寄席看表演，回程兩人常去路邊攤站著吃壽司或天麩羅。他還曾把寄席聽到的「鹿踊」[19]三弦琴彈法教給健三，也教他「打馬虎眼」這種行話。

「到了這把年紀，我也到處吃遍了，說來說去還是站著吃最有滋味。阿健，你一定要去吃吃輕井澤的蕎麥麵，真心不騙。我是趁火車靠站時下車吃的，就在站月台上吃，不愧是道地的美味，好吃極了。」

19 或稱「獅子舞」，搭配三弦琴唱的歌謠。

他也是個以拜佛為名到處遊玩的人。

「對了，阿長，善光寺境內掛著一塊『元祖藤八拳指南所』[20]的牌子，我看了大吃一驚呢。」

「你有沒有進去猜一拳？」

「你在說什麼呀，那可是要錢的。」

健三聽著這種閒談，不知不覺恍如回到了過去，同時也不得不清楚意識到現在的自己，在某種意義上，已經站在一個離他們很遠的地方。但比田完全沒發覺這一點。

「我記得阿健去過京都吧。你知不知道那裡有一種鳥，會發出『絨鼠電氣拿盤子喝湯』的叫聲？」比田甚至問起這種事。

剛才已穩定許多的姊姊又猛咳起來，比田這也才終於閉嘴。可是好像憋得很難受，又攤開雙手猛搓那張黑臉。

哥哥與健三起身去飯廳探望。兄弟倆坐在姊姊枕邊，直到姊姊平復了些才各自離開比田家。

二十九

健三始終無法忘記，自己的背後有個這樣的世界。這個世界，對平時的他早已是遙遠的過去，卻也帶著在特殊場合會變成現在的特質。

在他的腦海裡，比田那顆像願仁和尚[21]的光頭浮浮沉沉；姊姊如貓般縮著下顎，痛苦得喘不過氣的模樣也依稀可見；還有血氣漸衰的哥哥，乾燥縮小的特有長臉也時隱時現。

過去，他也曾是這個世界的人，後來憑藉自然的力量脫離了這個世界。脫離之後就很久沒踏上東京這塊土地。如今，他再度回到這裡，嗅到久違的往日臭氣。對他而言，這是帶著三分之一懷念，與三分之二厭惡的混合體。

他又將視線，朝著與這個世界無關的方向望去，結果看到擁有年輕血液與閃耀目光的年

20 藤八拳為酒拳的一種。
21 通常寫成「願人和尚」，原本指的是代人修行向神佛許願之人，或指期望成為正式僧侶的乞食僧，後來廣泛用在一般乞食僧或留著頭髮的僧侶。此處意指比田的頭髮沒有剃得很乾淨。

輕人，時常從他眼前走過。他側耳傾聽這些人的笑語。那些笑語恍如敲響未來希望的鐘聲，使健三陰暗的心又雀躍起來。

有一天，他應其中一名青年之邀去池之端散步，回程從廣小路走進一條新闢的捷徑。當兩人來到新建的藝妓管理所前，健三忽然想起什麼似的，看向青年的臉。

他腦海裡閃現的是，一個與自己毫無關係的女人。那個女人當藝妓時犯了殺人罪，在牢裡度過二十多年的黑暗歲月，才終於又回到社會上。

「她一定很痛苦吧。」

健三認為，若自己是那個視姿色為生命的女人，一定無法忍受長期待在牢房的孤寂。但他這番話，對身旁這個認為春天會永遠在眼前的青年沒什麼用。這青年才二十三、四歲。健三這才恍然大悟，驚覺到自己與青年的距離。

「其實我也和這位藝妓一樣啊。」

健三暗自對自己說。年輕時他就希望自己長白髮，可能與這種個性有關，近來白髮確實明顯增多了。原以為自己還很年輕，不知不覺竟也過了十年。

「但我不是在說別人的事喔。其實我的青春時代也都在牢獄裡度過。」

青年一臉驚愕。

「您說的牢獄是什麼？」

「就是學校啊，還有圖書館。仔細想想，兩者都像牢獄。」

青年無言以對。

「可是，如果我沒長年過著這種牢獄生活，今天我絕對不會存在這個世上，這也是無可奈何的事。」

健三的語氣半帶辯解，半帶自嘲。現在的自己是建立在過去的牢獄生活上，因此他必須在現在的基礎上，開展自己的未來。這是他的方針，而且他認為這是正確的方針。可是照著這個方針前進，似乎也只是徒增衰老，不會有其他結果。

「學問做到死的人也很無趣啊。」

「沒有這回事。」

青年終究不懂他的意思。他邊走邊想，現在的自己與結婚當時的自己，看在妻子眼裡究竟有何變化。妻子每生一個小孩就衰老許多，頭髮還曾掉到不好意思見人，如今她又懷了第三個孩子。

三十

健三回到家，發現妻子枕著手臂睡在後面的六疊房間裡，看到一旁散落著紅碎布、量尺、針線盒等東西，他不禁露出「又來了」的表情。

妻子很會睡，有時早上比健三還晚起，送健三出門後也常睡回籠覺。她總辯解說，不睡飽的話腦袋會昏昏沉沉，一整天都不曉得在做什麼。健三覺得她說的也有道理，但有時也認為莫名其妙。尤其對她發了牢騷之後，她居然還睡得著，更讓健三覺得豈有此理。

「這根本是在睡賭氣的。」

他發這種牢騷，並非要仔細觀察歇斯底里的妻子有何反應，只是單純要諷刺妻子，對妻子這種反常的態度不以為然。他只要心裡不痛快就常發牢騷。

「為什麼晚上不早點睡？」

妻子喜歡熬夜。每當健三如此念她，她一定辯解說，晚上腦袋比較清醒睡不著。而且醒著的時候，她一定一直在做針線活。

健三厭惡妻子這種態度，但同時也怕她歇斯底里發作，擔心自己的看法有所偏差，只好努力壓抑自己的不安。

他站著凝望妻子的睡臉片刻，發現她枕在手臂上的側臉顯得蒼白。然而他也只是默默站著，連一聲「阿住」都沒喚。

無意間，他轉眼看到妻子露出的白皙手邊，有一束文件。那不是一疊普通的書信，也不像一捆新的印刷品，而是整體泛著歲月感的褐色，還用古色古香的紙捻繩打了漂亮的結。這捆文件的一端，被妻子的頭壓住，她的黑髮也遮住了健三的視線。

健三不想特意抽出來看，依然凝望妻子蒼白的額頭。她的雙頰極其削瘦。

「天啊，居然瘦成這樣！」

最近有位久違的女親戚來探望，看到她的臉如此驚呼。那時健三覺得，妻子瘦成這樣好像都是自己害的。

健三走進書房。

莫約三十分鐘後，傳來開門聲，是兩個孩子從外面回來了。健三坐在書房，清楚聽到孩子們與女傭的對話。不久孩子們便跑進屋裡，隨後傳來妻子訓斥他們太吵的罵聲。

過了片刻，妻子拿著剛才放在枕邊的文件，來到健三面前。

「剛才你不在家的時候，你哥哥來了。」

健三停下手中的筆，看著妻子問：

「已經走了啊？」

「是啊。我有留他，說你只是出去散步，馬上回來。可是他說沒時間，就沒進來坐了。」

「這樣啊。」

「他說要去谷中參加一位朋友的葬禮，因為時間很趕，沒辦法進來坐。不過他也說，回程如果有空，說不定會再來，要你回家後在家裡等他。」

「有什麼事嗎？」

「好像是那個人的事。」

哥哥是為了島田的事而來。

三十一

妻子將手上那捆文件，遞到健三面前。

「哥哥要我把這個交給你。」

健三一臉詫異地收下。

「這是什麼？」

「好像都是跟那個人有關的文件。哥哥想說給你看一看或許有所幫助，所以今天特地從櫃子的抽屜取出來，帶來給你。」

「原來還有這種文件啊。」

他捧著從妻子手上接過的一捆文件，呆呆地看著那頗有歲月感的紙張顏色，又莫名地翻過來看了看底部。文件厚約兩寸，可能長期放在不通風又潮濕之處，健三不經意看到一道被蟲蛀過的痕跡，不禁興起懷舊之情，以指尖摸摸那道不規則的蟲蛀痕跡。然而事到如今，他實在不想解開繫得好好的紙捻繩，逐一檢視裡面的東西。

「打開來看又有什麼用呢？」

這句話已足以說明健三的心情。

「可是哥哥說，這是父親生怕日後會有什麼麻煩，才把這些東西捆起來收藏。」

「這樣啊。」

健三對父親的判斷力與理解力，不以為然。

「我爸那種個性，一定不管什麼都會收起來放。」

「可是這一切都是在關心你吧。據說父親是擔心自己過世後，那傢伙不曉得會做出什麼事，才特地把文件捆起來交給你哥哥，想說到時候可能派得上用場。」

「是嗎，這我就不知道了。」

健三的父親死於中風。父親身體還健壯時，健三就已離開東京，後來連父親的最後一面都沒見到。因此他沒看過這疊文件，且長年交由哥哥保管也不足為奇。

他終於解開捻紙繩，一張張翻閱那疊文件，陸續出現「手續書」、「交換字據」，甚至有寫著「明治二十一年正月約定金收據證明」的對折帳簿。帳簿的最後有島田簽寫的「以上本月款項已領取」字樣，還蓋有黑色印章。

「看來老爸每個月付了三、四圓啊。」
「付給那個人？」
妻子站在對面，倒看著帳簿。
「不曉得總共給了多少錢。除此之外，應該還有臨時給的。老爸那種個性，一定也把收據收起來了，只是不曉得放在哪裡。」
健三陸續翻閱文件，但東西又亂又雜很難看懂。不久，他拿起一疊折成四折厚厚的東西，一瞧究竟。
「居然連小學畢業證書都有。」
這所小學的名稱，隨著時間陸續改變，最早蓋的朱印是「第一大學區第五中學區第八小學」。
「這是什麼啊？」
「我也忘了是什麼了。」
「看起來是很老舊東西。」
除了畢業證書，還夾著兩三張獎狀。獎狀的圖案以上昇的龍和下降的龍圍成一個圈，正中間有的寫「甲科」，有的寫「乙科」，下方都橫繪著筆紙墨。

「還得過書本的獎品呢。」

健三想起幼時抱著《勸善訓蒙》和《輿地誌略》等書籍興高采烈跑回家的情景，也想起得獎前夕夢見青龍與白虎的事。這些遙遠的往事，一反常態讓健三覺得近在眼前。

三十二

妻子覺得這些老舊證書很珍貴。丈夫放下後，她又拿起來，一張張看得很仔細。

「好奇怪喔，居然有下等小學第五級第六級的。以前有這種學制啊？」[22]

「有啊。」

健三繼續翻閱其他文件，偏偏父親字跡潦草，辨認起來大費周章。

「妳看這個，這根本看不懂啊。光是這字跡就很難懂了，還用紅筆修改又畫線的。」

健三將一份看似父親與島田的交涉草稿，拿給妻子看。妻子畢竟是女人，細細看了一遍。

「父親還照顧過那個叫島田的人耶。」

「這事我也聽過。」

「寫在這裡喔——由於此人年幼，難以為其謀事，今日由本人領回，有養育五年之緣。」

妻子唸這段文字時，聲調宛如幕府時代的商人向官方提出的訴狀。在這種腔調的感染下，健三覺得老派古板的父親彷彿在眼前，進而想起父親曾以敬語說將軍的獵鷹故事給他聽。但妻子只對事情本身有興趣，根本不在乎什麼文體。

「因為這個緣故，你才被送去給那個人當養子。這裡是這麼寫的喔。」

健三為自己的身世感到可憐。妻子卻蠻不在乎繼續往下唸。

「健三三歲時，遣為養子，後因吉平與其妻阿常不和，終至離婚。當時健三八歲，本人將子領回，迄今養育十四年——後面被改得一片紅看不清楚了。」

妻子一再調整自己的眼睛與文件的位置，想繼續唸下去。健三交抱雙臂默默候著。不久，妻子竊竊低笑。

22 根據明治六年五月的「改正小學教則」所載，當時的小學分為「上等」「下等」，年級各為第一級到第八級，每級六個月修完。原則上六歲進入下等小學八級，十四歲從上等一級畢業。

「笑什麼？」

「因為……」

妻子沒再多說，直接把文件轉向給丈夫看，以食指的指尖，按在紅筆細細批註之處。

「你看這裡。」

健三皺起眉頭，費力地唸出那行字。

「事情的起因是，吉平在管理所工作期間，與一名叫遠山藤的寡婦私通。——什麼嘛，無聊透了。」

「但這是真的吧？」

「事實是事實沒錯。」

「這是你八歲時的事。後來你就回到自己的生家了。」

「可是戶籍沒有改回來。」

「那個人不給改？」

妻子又拿起那份文件，把看不清的地方先擱著，只挑看得清的地方看，心想說不定也會出現自己不知道的事。這種興致撩起她不少好奇心。

這份文件最後還提到，島田不僅不讓健三改回原籍，還偷偷將他變更為戶主，濫用健三戶主的印章到處借錢。

裡面還出現了一份，在即將斷絕關係時，父親付養育費給島田的字據。上面寫了一段很長的話：「基於上述，健三與島田家斷絕關係，回歸原籍，支付金額XX圓，餘款XX圓以每月三十日分期支付」等云云。

「都是一些拗口的字句啊。」

「親屬見證辦理人蓋的是比田寅八的章，大概是比田姊夫寫的吧。」

健三想起上次看到比田那副了然於心的模樣，不禁和這張字據的文句兩相比較。

三十三

哥哥說參加完葬禮後，回程或許能來一趟，但終究沒來。

「可能太晚就直接回家了吧。」

這對健三來說反倒省事。基於工作性質，他有義務花費前一天或前一天晚上的時間來查資料或思考，因此被別人剝奪寶貴時間，對他是極其痛苦的事。

他將哥哥留下的文件整理好，想用原來的紙捻繩捆扎起來，不料指尖一用力，紙捻繩竟啪的一聲斷了。

「太老舊了，所以很脆弱。」

「不會吧？」

「你要知道，這捆文件可是放到被蟲蛀喔。」

「這麼說也對啦，畢竟一直收在抽屜裡放到今天。不過哥哥居然會保存這種東西，他可是急起來什麼都會拿去賣的人。」

妻子看著健三笑了起來。

「這種被蟲蛀的廢紙，沒有人會買吧？」

「也是啦，不過他居然沒把它扔進紙屑簍。」

妻子從火盆箱的抽屜取出紅白線捻成細繩，重新將那堆文件綁好，交給丈夫。

「我這裡可沒地方放喔。」

健三的周圍擺滿了書，文卷盒也塞滿了信件與筆記本，只有放棉被的壁櫥還有些許空間。妻子不禁苦笑站了起來。

「這兩三天，你哥哥一定會再來喔。」

「為了那件事？」

「那也是其中之一，今天他來的時候說要去參加葬禮，向我借了一套和服裙褲裝，在這裡就穿上了。所以他一定會拿來還。」

哥哥竟然要借自己的裙褲裝才能去參加葬禮，這種境況使健三陷入沉思。他依然記得剛從學校畢業時，穿著哥哥給的寬大薄外褂，和朋友一起在池之端拍照的事。當時其中一位朋友對健三說：「我們當中，誰會第一個坐上迎送高官的馬車呢？」健三沒回答，只落寞地看著自己穿的外褂。這件老舊外褂雖說是羅紗料子並繡有家徽，但說難聽點只是勉強沒破，顯得相當寒酸。還有一次，他應邀去星岡的茶寮[23]出席朋友婚宴，也因沒有像樣的衣服，向哥哥借了整套的裙褲與外褂。

23 位於麴町區（現千代田區）內的知名懷石料理店。

健三憶起這些妻子不知道的往事。但這沒有讓如今的他得意洋洋，反而感到悲傷，心中自然湧現出「不勝今昔之感」這句最能表達他此刻心境的話語。

「裙褲總該有吧？」

「大家很久不穿這種衣服了，可能沒了吧。」

「真是傷腦筋。」

「反正我們家有，需要的時候借他就好了。又不是每天穿的東西。」

「家裡有的時候是沒問題啦。」

聽到丈夫這句話，妻子想起前陣子才偷偷把自己的和服拿去典當。健三有種悲觀哲學，總認為有一天自己也會陷入哥哥這種處境。

以前他雖然貧困，但還能自立於世。現在他被生活逼得喘不過氣，還得被周遭的人當成依賴的主幹。這對他來說是很痛苦的事。想到自己這樣的人，居然被看成是親戚裡混得最好的，更覺情以何堪。

三十四

健三的哥哥是個小公務員，原本在東京市中心的某大局處上班。長久以來，在這棟宏偉建築裡看到自己的可憐模樣，總讓他覺得不協調。

「我已經是老朽無用之人，畢竟年輕有才幹之輩層出不窮啊。」

這棟建築裡，有幾百個人不分晝夜在拚命工作。年老氣衰的他，在這裡肯定像個無形的影子。

「啊，不想幹了。」

討厭工作的他，心裡總潛藏著這個念頭。他有病在身，看起來比實際年齡蒼老也乾瘦許多，臉色很差，像是快死之人在工作。

「因為上夜班沒得睡，身體當然很差。」

他常感冒咳嗽，時而也會發燒。一旦發起燒來，必定嚴重得如肺病前兆威脅著他。

實際上，他的工作就算讓強壯年輕人來做也很吃力。每隔一天就得通宵工作，在局裡過夜，直到翌日清晨才恍惚地回家。這一天他根本什麼都無法做，只能精疲力盡躺著睡覺。

儘管如此，為了養家，他不得不拚命工作。

「這次好像有點危險，能不能找個人幫我說情？」

每當局裡謠傳要改革或裁員，哥哥就如此拜託健三。縱使健三不在東京時，哥哥也會特地寫信去拜託他，而且不止一兩次。每次都指名道姓，要健三去拜託哪些重要人士幫忙。可是這些人，健三也只知道名字，沒有半個熟到可以去拜託人家保住哥哥的工作。因此健三也只能托腮沉思。

即使如此反覆忐忑，哥哥也一直都在同一個職務工作，既無變動也沒升遷。他比健三大七歲，這大半生猶如不允許有變化的機器，只能不停地消耗磨損，此外都不被認可。

「一份工作做了二十四、五年，應該也能做出個什麼名堂吧。」

健三有時想如此批評自己的哥哥，腦海也浮現哥哥以前喜歡浮誇排場又不愛念書的模樣。一會兒彈三弦琴，一會兒學一弦琴，又是搓湯圓放進火鍋裡，又是煮洋菜放在漆器木盒裡冷卻，那時他幾乎把時間都花在吃喝玩樂上。

「若說這一切都是自作自受，也真是如此啊。」

這是哥哥現在常對人訴說的感慨。他就是懶散到這種地步。

兄弟相繼過世後，他自然成了健三生家的繼承人。後來父親也過世了，他立即賣掉房產，拿這筆錢償還以前的債務，搬到一間小房子住，將放不下的傢具全數賣掉。

不久，他成了三個孩子的父親。其中他最疼愛長女，偏偏長女即將成年時罹患了惡性肺結核。為了救長女，他用盡了一切辦法。但他所做的一切，在殘酷的命運前終究徒勞。折騰了兩年後，長女過世時，家中已一貧如洗。不僅沒有正式場合穿的裙褲，連一件像樣的家徽外褂也沒有。健三給了他一套在外國穿舊的西裝，他十分愛惜地每天穿去局裡上班。

三十五

過了兩三天，果如妻子阿住所料，健三的哥哥來還裙褲了。

「不好意思，這麼晚才拿來還。謝謝。」

哥哥在腰板上打開包袱巾，取出摺成小小的裙褲，擺在弟媳面前。他以前非常愛慕虛榮，根本不願提什麼包裹，如今已全然失去那種神氣，人也顯得乾癟削瘦。他以削瘦粗糙的手，捏著髒兮兮包袱巾邊角，仔細將它摺好。

「這件裙褲不錯啊，最近做的嗎？」

「不，這是以前就有的。現在沒那個勇氣做新的。」

阿住想起結婚時，丈夫穿這件裙褲裝模作樣端坐的姿態。那場婚禮在遠方舉行，一切從簡，哥哥沒有出席。

「哦？這樣啊。經妳這麼一說，我也覺得好像在哪裡看過。不過以前的東西真耐用啊，絲毫沒有磨損跡象。」

「那是因為很少穿啦。話說回來，他居然單身一人的時候就買這種衣服，我到現在都覺得不可思議。」

「可能是特地先買起來，打算在結婚穿吧。」

兩人笑著聊起那場奇怪的婚禮趣事。

當時，阿住的父親特地陪女兒來，讓女兒穿上長袖和服，自己卻連一套像樣的禮服也沒準備，只穿一件毛織和服單衣，最後還盤腿坐了起來。而健三，除了一位幫傭婆婆，根本沒人可以商量，更是苦惱不堪，完全不知婚禮儀式該如何進行。原本說好要回東京舉辦婚禮，因此媒人也不在這裡，健三只好參考媒人寄來的注意事項。那是一封用上好紙張以楷書寫的嚴謹書信，但內容也只是引述《東鑑》[24]的古禮為例，完全派不上實際用場。

「我跟你說，酒壺居然沒繫一對紅白金銀紙的蝴蝶，而且喝交杯酒的酒杯還有缺口呢！」

「就這樣進行三三九度儀式？」[25]

「是啊，所以我們夫妻感情才這麼不順吧。」

哥哥苦笑說：

「健三的脾氣向來很拗，想必妳也吃了不少苦吧。」

阿住只是笑了笑，似乎不打算繼續聊這件事。

「他應該快回來了。」

「今天我得等他回來談那件事……」

24 亦稱《吾妻鏡》，鎌倉幕府編撰的史書，共五十二卷。

25 傳統日本婚禮的交杯酒儀式。新人交互連喝三杯酒，象徵此乃符合天地人的好姻緣。每杯分三次飲完，九度交杯，祈願未來的日子長長久久，白頭偕老。

哥哥似乎想還說什麼，但阿住卻忽然起身去飯廳看時鐘。等她出來後，手上拿著之前那捆文件。

「需要這些東西吧？」

「不用，這我只是拿來給健三參考，應該用不著。健三看過了吧？」

「嗯，他看過了。」

「他有沒有說什麼？」

阿住不知如何回答，便說：

「這裡面放的資料還真多啊。」

「父親生怕有什麼萬一，所以鉅細靡遺保存了下來。」

阿住沒說她把裡面最重要的部分唸給丈夫聽了。哥哥也不再談這捆文書的事。兩人只是聊些有的沒的等健三回來。莫約過了三十分鐘，健三回來了。

三十六

健三一如往常換好衣服來到客廳，看到那疊以紅白細繩捆扎的文書，放在哥哥腿上。

「聽說你前幾天來過了。」

哥哥以乾瘦的手指，將一度解開的繩結綁回原樣。

「我剛才看了一下，裡面夾雜了一些對你沒用的資料。」

「這樣啊？」

健三這才知道，這堆細心保存的文件，哥哥並沒仔細看過。哥哥也發覺，弟弟並不熱衷查閱這堆文件。

「就連阿由的轉籍申請書也放在裡面呢！」

阿由是哥哥的妻子的名字。他和阿由結婚時，必須提交給區長的申請書，竟然也出現在這堆文件裡，這是兄弟倆都沒料的。

哥哥與第一任妻子離婚，第二任妻子又病逝。第二任妻子生病時，他看起來不怎麼擔心還經常往外跑，認為妻子只是害喜不要緊，顯得很放心。然而妻子病情惡化後，他依然一副不要不緊的態度。因此有人解釋成，這是他不喜歡妻子的表現。健三也認為有此可能。

迎娶第三任妻子時，他說出自己想娶的女人名字，請求父親答應，卻沒和健三商量半句。因此自尊心很強的健三對哥哥很不滿，連帶波及無辜的嫂嫂，說他不願意叫沒有教育水準又沒身分地位的人為嫂嫂，使得個性懦弱的哥哥很頭痛。

「哪有這麼不通情理的人啊！」

健三得知這種背後批評的話，並沒有反省，反而更頑固。就像重視習俗而去做學問，反而導致不好的結果，明知自己見識不夠又愛誇耀自己的見識，這是健三的壞毛病。然而如今他已能心懷愧疚，回顧當時的自己了。

「既然轉籍申請書也混在裡面，那就還給你，你拿回去不就得了。」

「不用，這是副本，我也用不著。」

哥哥沒有去碰紅白線繩。健三卻忽然想知道那份申請書的日期。

「究竟是什麼時候提交給區公所的？」

「已經是很久以前的事了。」

哥哥只說了這句話，嘴角浮現一抹微笑。畢竟前兩次婚姻都以失敗告終，最後才得以和自己喜歡的女人結婚，他還不至於老糊塗到忘記這種事，但也不像年輕時能輕易脫口而出。

「她幾歲啊？」阿住問。

「妳說阿由嗎？她和妳差一歲。」

「那還很年輕嘛。」

哥哥沒回答，只是忽然解開擺在腿上的文書線繩。

「裡面還放了這種東西呢！這也跟你無關吧。剛才我看到嚇了一跳，你看，就是這個。」

他從亂七八糟的爛紙裡，毫不費事地取出一張文件。那是他長女「喜代子」的出生證明書底稿，上面寫著「此人於本月二十三日上午十一點五十一分出生」，唯獨「本月二十三日」畫了一條線，而且正好和蛀蟲啃食的不規則線條交叉。

「這也是老爸的筆跡啊。」

哥哥小心翼翼地將一張紙轉向給健三看。

「你看，都被蛀蟲給吃了。不過也難怪啦。不只是出生證明，連死亡證明書都有呢。」

哥哥靜靜唸著死於結核病的喜代子的出生年月日。

三十七

哥哥是活在過去的人，他的前面不再有美好前途，無論談什麼總愛回顧過去。健三與這樣的哥哥對坐，覺得自己應該前進的生活方向被哥哥往後拉。

「真是淒涼啊。」

健三若捲入哥哥的生活，就不能對未來抱太多希望。儘管如此，現在的他一定也過得相當淒涼。他很清楚，以現在的情況推測，未來想必也很淒涼。

哥哥告訴健三，已經照之前商量好的，拒絕島田的要求了。至於用什麼方法拒絕，島田又如何回應，這些細節都答不上來。

「總之比田是這麼說的，應該沒問題吧。」

但健三不知道，比田是直接去找島田談，抑或寫信將上次商量的結果告訴島田。

「大概是直接找島田談吧？不過他那種個性，也有可能寫封信就算了？我忘了把這點問清楚。其實後來我又去探望了一次姊姊，比田還是一樣不在家，所以沒能見到他。不過聽姊姊說，比田很忙，這件事好像還擱著。比田那個人很沒責任感，說不定沒跟島田聯絡。」

健三認識的比田，也是個沒責任感的男人。偏偏只要有人拜託，他什麼事都會答應接下來。其實他只是喜歡看別人低頭拜託他，但若對方不得他的緣，他也不會輕易付諸行動。

「可是這次的事，島田是直接去找比田的。」

哥哥言下之意是，比田應該自己去找島田談才合理。可是他自己碰到這種事，卻絕不主動出面交涉，稍有麻煩便轉過頭去，在情況允許的範圍內靜靜忍受，獨自苦惱。健三對他這種矛盾，既不氣憤也不覺得可笑，反倒同情他。

「因為是兄弟，看在別人眼裡，可能有相似之處吧。」

如此一想，健三同情哥哥，也等於是在同情自己。

「姊姊身體好些了嗎？」

健三改變話題，問起姊姊的病況。

「好多了。氣喘真是奇妙的病啊。發作時那麼痛苦，可是說好就好了。」

「已經可以說話了嗎？」

「豈止可以說話，根本喋喋不休說個不停，就跟以前一樣。姊姊說，島田可能是去找阿縫，是阿縫給他出的主意。」

「不會吧。應該是那個男人本性如此，才會提出不合常理的要求，這樣解釋比較適切吧。」

「哦。」

哥哥若有所思。健三露出無聊的表情。

「如果不是這樣，一定是年紀大了，大家都嫌棄他吧。」

健三依然靜默。

「不管怎樣，他一定覺得很寂寞吧。不過依他那種個性，八成不是情感上的寂寞，而是慾望上的寂寞。」

哥哥不知為何知道，阿縫每個月寄錢給她母親。

「畢竟阿藤每個月還能領到金鵄勳章的年金[26]，所以島田也得想法子去哪裡弄點錢，否則會覺得很寂寞吧，畢竟他那麼貪婪。」

健三不太能同情因貪婪而覺得寂寞的人。

三十八

風平浪靜的日子持續了幾天。對健三而言，風平浪靜的日子只不過是沉默的日子。這段期間，他常無奈地追憶起往事，雖然同情哥哥，自己不知不覺也和哥哥一樣成為活在過去的人。

他試著將自己的人生一分為二，不料徹底拋諸腦後的過去，反而緊追不捨。他雙眼望著前方，雙腳卻經常往後走。

就這樣來到路的盡頭，他看見一棟很大的四方形宅邸。房子是兩層樓，有很寬的樓梯連接二樓。一樓和二樓的構造，看在健三眼裡都一樣。走廊圍起來的中庭，也是正規正矩的四方形。

奇妙的是，這棟偌大的房子裡沒有人。當時年幼的他不知寂寞為何物，也缺乏對「家」

26 金鵄勳章是授予卓越功勳軍人的勳章，同時也有終身年金，共分七級。

的經驗與理解。

他把那些連在一起的房間，以及看起來筆直延向遠方的走廊，當作裝有天花板的街道，獨自在無人的街道來回奔跑。

他也常爬上靠街的二樓，透過細木條的格子窗往下望，時而會看到好幾匹披著腹掛的馬，響著鈴鐺從眼前走過。馬路對面有一尊青銅佛像，盤腿坐在蓮台上，手持錫杖，頭戴斗笠。

健三也常下到昏暗的土間[27]，從那裡立刻能沿著石階往下走，穿越有馬匹來往的馬路，爬到那尊佛像上去玩。他會踩踩佛像的衣褶，抓住錫杖的杖柄，反手搆著佛像的肩，或是用自己的頭碰碰斗笠，直到覺得沒什麼好玩了才下來。

他也記得那棟四方形房子和青銅佛像附近，有一間紅門房子。從狹小的道路轉進一條曲折的巷子，莫約四十公尺的盡頭處，就能看到那間紅門房子。房子後面有一片竹林遮蔽。

這條狹小的道路走到底再向左轉，有個長長的下坡道。在健三的記憶裡，這條坡道是由不規則的石階由下往上鋪成的。可能是時間久了，石頭的位置也移動了，石階顯得凹凸不平，石縫中長出青草隨風搖曳。儘管如此，這無疑是人可以走的路。健三不曉得多少次穿著草屐，在這個高高的石階走上走下。

下完這道坡，又有一道坡，可以看到不怎高的坡上聳立著蒼鬱杉樹。就在這兩道坡的谷間窪地左側，有一間茅草屋。房子有點往內縮，又有一些往右傾，面向道路的一部分做成像茶棚的樣子，總是擺著兩三把折疊椅。

從蘆葦簾的細縫，可以看見裡面有座用石頭圍成的池子，池上搭著紫藤棚架。立在池裡的兩根柱子伸出水面，支撐著棚架兩端。周圍有很多杜鵑花。池裡可見紅鯉魚游動的身影。健三一直很想捕捉如幻影般在濁水底若隱若現的紅鯉魚。

有一天，他趁著那家沒人之際，在一根粗笨的羅漢竹前端繫上一條細繩，掛上魚餌往池中一投，隨即感受到細繩被拉扯的威脅，力道之大彷彿硬要把他拉進水裡，他心頭一驚立刻放掉竹竿。然後隔天，看到一條長約一尺多的紅鯉魚靜靜浮在水面上。他獨自一人，非常害怕……

「那時我是跟誰住在一起呢？」

27 室內沒鋪地板，只有土石地面的地方。通常為室內與室外的過渡地帶。

他完全不復記憶，腦袋一片空白。但若訴諸理智分析，應該是和島田夫妻住在一起的時候。

三十九

之後舞台驟變，寂寥的鄉下倏然從他記憶中褪去。

接著朦朦朧朧出現有木條格子窗的小房子。這間房子沒有門院，位於後巷般的街上。這條街細細長長，左彎右拐相當曲折。

就如他模糊的記憶，他的家也始終昏暗。他無法將日光和那個家聯想在一起。

他在那裡出過天花。長大後問起此事，說是因為接種牛痘引起的。他在昏暗的格子窗屋裡，又哭又喊地滾來滾去，在身上到處亂抓。

倏忽間，他又在一棟寬敞建築物裡看見幼時的自己。隔間的房間一間間連在一起，人卻稀稀落落。空房間裡的榻榻米或帶邊的薄蓆泛著黃光，周遭靜寂得宛如寺院。他在高處吃便當，把干瓢繫油豆腐皮做成豆皮壽司模樣的東西，從上面扔下去，幾次抓著欄杆往下看，都沒有人去撿。陪著他的大人只顧看著前面。前面有柱子搖得很厲害，房子倒了。然後一個留鬍子的軍人，威風凜凜從倒塌的屋頂裡走出來。——那時健三還沒有「戲劇」的觀念。

他莫名地將這齣戲和逃走的老鷹連在一起。當老鷹往對面青翠竹林斜著飛過去，他旁邊的人大聲叫喊：「飛走了！飛走了！」接著又有人拍手想把老鷹叫回來。

——健三的記憶就此嘎然斷了。他分不清，究竟先看到戲？還是先看到老鷹？同樣也分不清，究竟先住在滿是農田和竹林的鄉下？抑或面向狹小巷弄的昏暗房子？比較清楚的是，那段時期的記憶裡幾乎沒有人影。

過了不久，他開始清楚意識到島田夫妻是他的養父母。

那時，島田夫妻住在一棟奇怪的房子裡。出了大門往右轉，必須沿著別人家的圍牆登上三個石階，走過一塊三尺寬的空地，才能來到寬闊熱鬧的大馬路。往左轉則要彎過走廊，相反地往下走兩三個石階，會來到一個長方形大房間。緊挨著大房間的土間也是長方形。從土間走出去，會看到一條大河。河上常有幾艘掛著白帆的船來來去去。河邊圍有柵欄，裡面堆滿柴薪。柵欄與柵欄之間的空地，緩緩地往下延伸到水邊。弁慶蟹常從石縫中伸出蟹螯。

這棟狹長的房子分成三段，島田家位於正中間。這房子是一個富商的，面向河岸的長方形大廳原本是店鋪。可是屋主究竟是誰？又為何搬離這裡？這都是超乎健三理解範圍的祕密。

有段時期，一個西洋人曾租下那個大房間來教英文。那是個還把西洋人當怪人的時代，因此島田的妻子阿常總覺得和怪物住在一起很不舒服。尤其這個西洋人喜歡穿著拖鞋，大辣辣走到島田租的房間簷廊來。有一次阿常肚子不舒服，臉色蒼白躺著休息時，那個西洋人竟站在簷廊往屋裡探，還表達慰問之意。他慰問時說的是日文？還是英文？抑或只是用比劃的？健三已完全不復記憶。

四十

後來西洋人不知何時搬走了。健三忽然發現時，那個大房間已經變成管理所了。那時的管理所就像現在的區公所，大家將榻榻米上的矮桌排成一排，坐在那裡辦公。當時的辦公桌椅不像今天這麼普及，長時間坐在榻榻米上也不太方便，無論是被傳喚來的人，或是主動來的人，都得在土間脫掉木屐，恭恭敬敬端坐在相關的矮桌前。

島田是這個管理所的首長，所以他的座位設在離入口最遠最後面的盡頭處。從那裡直角轉彎，到看得見河的格子窗邊，究竟有多少人，有幾張桌子，健三的記憶也很難說得清。

島田的住處和管理所，原本就是由同一棟狹長的房子隔出來的，因此無論上下班都佔了不少便宜。天氣好的時候不用踩到泥土地，下雨天也能省去撐傘的麻煩，他只要沿著簷廊走就能去上班。同樣的，下班也走簷廊回家。

這層關係也使幼時的健三膽子大了些，他常跑去辦公室，大家也很疼愛他。因此他也囂張了起來，玩弄書記硯台盒裡的朱墨，揮舞小刀的刀鞘，淨做些討人厭的惡作劇。島田也儘可能仗著自己的權勢，認可這個小暴君的態度。

島田是吝嗇的男人。但其妻子阿常比島田更吝嗇。

「所謂一毛不拔的鐵公雞，就是在說這種人。」

健三回到自己的生家後，常聽到這種評語。可是當時的他，看到阿常坐在長火盆旁盛味噌湯給女傭，並不覺得怎麼樣。

不料家中的人卻苦笑說：

「這樣那個女傭也實在太可憐了。」

阿常總是把放著飯菜的櫥櫃鎖起來。生父偶爾來訪時，阿常一定叫蕎麥麵請他吃，這時她和健三也會一起吃。可是到了吃飯時間，她絕不會像平常一樣端出飯菜來。健三原以為這是理所當然，直到被領回生家後，看到除了三餐之外，還有餐與餐之間的零食點心，非常驚訝。

然而島田夫妻對待健三，在花錢方面倒是毫不手軟。外出時讓健三穿黃底格紋的綢緞外褂，為了買縐綢料子的和服，還特地帶他去越後屋買。有一次坐在越後屋挑選花色時，由於天色快黑了，店裡的夥計們一口氣拉上大門的擋雨板，健三突然被嚇得哇哇大哭。

他想要的玩具當然都會得到，其中甚至有一套幻燈片道具。他常在紙黏成的螢幕上放映三番叟[28]，讓戴著烏帽子[29]的人搖鈴動腳，玩得不亦樂乎。他也得到一個新陀螺，為了讓它看起來舊舊的，還特地把陀螺拿去浸在河邊的泥溝裡。可是泥溝裡的水會從柴薪堆的柵欄與柵欄之間流到河裡去，他擔心陀螺也會流掉，因此每天都穿過管理所的土間去看好幾次，每次都會拿出來看看。而且每次去還會拿棍子猛戳螃蟹躲藏的石縫洞，看到螃蟹跑出來，他就按住來不及逃的螃蟹，活捉放進自己的袖袋裡……

總之，他身為吝嗇島田夫妻領養的兒子，受到相當格外的厚待。

四十一

然而，對於健三，島田夫妻的內心深處總潛藏著一種不安。

每當寒冷的夜晚，他們圍坐在長火盆旁，經常問健三這個問題。

「你爸爸是誰？」

健三便指向對面的島田。

「那你媽媽是誰？」

健三又看向阿常，指著她。

28 三番叟出自能樂《翁》演出狂言的角色，第三個出場，頭戴劍先烏帽子，搖鈴跳舞。

29 即劍先烏帽子，冒型如山，頂部尖如劍尖，通常為黑色，亦有塗上金色或紅圓的。

這個要求得到滿足後，他們又換一種問法問同樣的事。

「那你真正的爸爸和媽媽是誰？」

健三就算不願意也只能回答相同的答案。不知為何，這讓他們欣喜相視而笑。

有時候，這種情景幾乎每天都在三人之間上演。有時候，光只是這樣問答還不夠，尤其阿常特別執拗。

「你在哪裡出生的？」

每當阿常這麼問，健三就必須回答他記憶中看到的紅門——那個竹林遮蔽的紅門小房子。阿常已經把健三訓練到，無論何時問這個問題，健三都能毫不遲疑說出同樣的答案。當然健三的回答是機械性的，但阿常完全不在意。

「小健，其實你是誰的孩子？不用隱瞞，老實說。」

這種折磨讓健三很痛苦。有時與其說痛苦，毋寧是生氣。他不會給對方想聽的答案，故意沉默以對。

「你最喜歡誰？是爸爸？還是媽媽？」

健三受夠了為了迎合她的意思而說她想聽的答案，只是像根棍子默默站著。阿常認為他這種反應只是單純年幼無知。但這種看法委實過於簡單，因為健三內心極其厭惡她這種態度。

夫妻倆竭盡全力要把健三變成他們的獨佔品。實際上健三也確實是他們的獨佔品，因此受他們珍愛，但也落得被他們剝奪自由的下場。他的身體已遭束縛，但比這更可怕的心靈束縛，也在他年幼懵懂的心裡，隱隱投下了反感陰影。

夫妻倆動不動就要健三意識到他們的恩惠，因此島田有時會把「爸爸」說得特別大聲，阿常則在「媽媽」二字說得特別用力。爸媽不在時，健三不能吃點心，也不能穿漂亮和服。

他們想把自己的好意硬塞進孩子心裡，但這份努力反而遭致反效果。健三覺得他們很煩。

「為什麼要管我這麼多？」

當他們強調自己是「爸爸」和「媽媽」時，健三就很想要自己的自由。他喜歡玩他們買給他的玩具，也全神貫注欣賞他們買給他的錦繪，卻不喜歡買這些東西給他的人。他想把人和東西切得一乾二淨，耽溺於純粹的快樂裡。

島田夫妻相當疼愛健三，但這份愛是期待回報的。就像以金錢的力量包養美女，那個女人要什麼都會買給她。島田夫妻的行動目的不在於讓健三發覺他們的愛，只是為了討健三歡心不得不展現善意。他們的不純動機自然會受到懲罰，但他們並不知道。

四十二

在這種情況下，健三的性情也變了。他溫順善良的天性逐漸從表面消失，取而代之的不外乎「固執」二字。

他變得越來越任性，只要得不到喜歡的東西，無論在馬路上或路邊，他立刻坐下去賴著不動。有一次，他竟從小男孩的背後猛抓人家的頭髮。還有一次，硬要把放養在神社裡的鴿子捉回家。他生活在養父母溺愛的狹小世界，除此之外一無所知，只認為別人都是為了聽從他的命令而活，只要他開口別人都得順從。

不久，他的蠻橫變得更離譜了。

有天早晨，他被父母叫醒，揉著惺忪睡眼往簷廊走去。他有個習慣，每天早上起床都要去簷廊邊小便。偏偏這天比平常來得睏，他尿著尿著就睡著了。之後的事他就不知道了。

等到醒來一看，他才發現自己滾落在小便上。不幸的是那個簷廊很高，所以他也滾得有點距離，相當於大馬路到河邊的中途地面。結果這個事件讓他傷到了腰。

養父母嚇得立刻帶他去千住的名倉骨科醫院治療。他每天要在受傷部位抹上一種醋酸味的黃色糊狀藥膏，而且腰太痛了實在站不起來，只能躺在床上睡覺，就這樣不曉得過了幾天。

「還站不起來嗎？站站看。」

阿常每天都來催促，但健三動也不動。就算已經能動，他也故意不動。他喜歡躺著看阿常焦急的模樣，暗自竊喜。

最後他還是站起來了，而且一如往常沒什麼異樣在家裡走動。阿常看了又驚又喜，可是那表情實在太做作，使得健三覺得乾脆別站起來再躺一陣子算了。

他的弱點與阿常的弱點，也常發生短兵交接的情況。

阿常是個非常擅於說謊的女人。此外也是個在任何場合，看到對自己有利的事，立刻能流淚的奇葩女人。她認為健三只是個小孩，因此沒多加提防，卻不知自己的內心已完暴露在健三面前。

有一天，阿常與一位客人在聊天，提到一個叫阿甲的女人，阿常把她罵得不堪入耳。不料這位客人走了之後，阿甲突然來找阿常。阿常竟能假惺惺地對阿甲說起恭維話，最後甚至還撒了不必要的謊，說剛才某人非常誇讚她。健三聽了很生氣：

「居然敢撒這種謊！」

他在阿甲面前展露一個小孩的正直。阿甲走後，阿常怒不可遏。

「跟你在一起，我非得承受顏面掃地的羞辱不可。」

健三心想，妳趕快拿妳的臉去掃地呀。

他對阿常的厭惡之心，不知不覺總在作祟。無論阿常再怎麼疼他，她人格裡隱藏的醜陋，都使他無法付出相對的情份來回報。而最了解那份醜陋的人，除了這個在她溫暖懷裡養大的小孩，別無其他。

四十三

後來島田與阿常之間出現了詭異現象。

有天夜裡，健三忽然醒來，看見夫妻倆在他旁邊激烈對罵。由於事發突然，他忍不住哭了。

第二天晚上，他熟睡時又被同樣的爭吵聲驚醒。他又哭了。

這種吵鬧的夜晚持續了好幾天，兩人的罵聲也越來越大，最後終於大打出手。打鬥聲，踩踏聲，叫喊聲，使他幼小心靈驚懼不已。起初他一哭，兩人就停止吵架。後來不管他睡著或醒著，兩人都不顧他的感受兀自吵罵。

以前沒有這種情況，不知為何近來每個深夜都會上演，幼小的健三無從理解，只是很討厭這種事。那時他還不具道德是非觀念，只是自然而然地討厭。

不久，阿常終於把真相告訴健三。照她的說法，她是世上最善良的人，島田是個大壞蛋，可是最壞的是阿藤。當她口中冒出「那傢伙」或「那個爛女人」，臉上都出現懊惱氣憤的表情，還會流下眼淚。但那劇烈的表情，反而只讓健三感到噁心，沒有其他效果可言。

「那傢伙是仇人喔！是媽媽的仇人，也是你的仇人！就算粉身碎骨也要復仇！」

阿常說得咬牙切齒。健三只想趕快離開她身邊。

阿常總是待在健三身旁，從早到晚要健三站在她那一邊，健三卻反而比較喜歡島田。島田也和以前不同，經常不在家，回家也已深更半夜。白天當然也沒什麼機會碰面。

可是健三每晚都在昏暗燈光下看到他。看到他兇狠的眼神與憤怒打顫的嘴唇，聽到他如濃煙從喉嚨噴出的憤怒咆哮聲。

儘管如此，島田偶爾也會像以前那樣帶健三外出。他滴酒不沾，但嗜吃甜食。有天晚上，他帶健三和阿藤的女兒阿縫去熱鬧大街散步，回程去紅豆湯圓店。健三也在此時第一次見到阿縫。由於第一次見面，兩人沒怎麼看對方，也沒說什麼話。

回到家後，阿常就問健三，島田帶他去哪裡，並追問有沒有去阿藤家，最後甚至逼問還有誰一起去吃紅豆湯圓。健三不顧島田的交代，一五一十告訴阿常。但阿常依然無法解除心中疑慮，不死心地再三套話，想釣出更多內情。

「其實那個女人也在吧？你老實說！如果你說實話，媽媽就給你好東西。說吧！那個女人也跟你們在一起？對吧？」

她無論如何都想讓健三說「對」，可健三鐵了心就是不說。於是她懷疑健三，健三則鄙視她。

「那麼，你爸爸跟那個女孩說了什麼？他有跟那個女孩說些有的沒的嗎？還是跟你說？」

健三心裡很不痛快，就是不願回答。但阿常這個女人也不會就此罷休。

「在紅豆湯圓店裡，你爸爸讓你坐哪裡？右邊？還是左邊？」

出於嫉妒的質問總是沒完沒了。她不顧這些質問會毫不客氣地暴露自己的本性，也渾然不知不到十歲的養子對她反感之至。

四十四

不久，島田忽然從健三眼前消失了。以前住的那間夾在面向河岸後街與熱鬧前街之間的房子，也不知到哪兒去了。健三發現只剩自己與阿常，在一間陌生奇怪的房子裡。

這間房子的外面，有門口掛著繩暖簾的米店和味噌店。他的記憶，將這些大店鋪與煮大豆聯想在一起。至今他仍忘不了當時每天都吃這種東西。但對自己的新家卻毫無印象。「時間」為他乾淨抹去這個孤寂的往事。

阿常逢人便數落島田，泣訴他多可惡又多可恨。

「我死了做鬼也不放過他！」

她怒氣沖天的模樣，只讓健三的心離她越來越遠。

阿常和丈夫離婚後，一心想霸佔健三，也相信健三是自己的專屬物。

「今後我只能靠你了，好不好？你一定要好好努力喔！」

每當阿常如此拜託，健三總為之語塞。他就是無法像聽話的乖孩子，給她滿意的回答。

阿常想霸佔健三，不盡然基於愛的衝動，反而常出自慾望邪念所致。這在年幼矇懂的健三心裡，莫名地投下不愉快陰影。可是在其他方面，他倒是沒什麼芥蒂。

兩人只生活了一段短短的時間。可能是物質缺乏，或阿常改嫁不得不改變現狀，年幼的健三也無法理解，只知阿常也忽然從他眼前消失了。然後不知何時，他被領回老家了。

「回想起來好像是別人的事，不覺得是自己的事。」

浮上健三心頭的記憶，與現在的他相去太遠。儘管如此，他還是憶起這段像別人生活般的往事，而且在某個不愉快的層面上也非得憶起不可。

「這個叫阿常的人，當時是改嫁波多野吧？」

妻子還記得，幾年前阿常寫給丈夫的長信。

「可能是吧，我不太清楚。」

「那個叫波多野的人，大概還活著吧？」

健三甚至沒見過波多野，當然也沒想過他的生死。

「你不是說他在當警官？」

「這我也不太清楚。」

「什麼？這明明是你自己說的。」

「什麼時候？」

「就你拿信給我看的時候呀。」

「有嗎……」

健三稍微想起那封長信的內容。她在那封信裡，說的淨是當年如何含辛茹苦撫養年幼的健三。因為她沒有奶水，一開始就餵健三吃菜粥，還幫健三把屎把尿，處理尿床的善後有多辛苦，凡此種種不厭其煩地細數詳說，但也提到多虧一個在甲府當法官的親戚，每個月寄錢給她，現在過得很幸福。然而最重要的，關於她丈夫是否為警官一事，健三已完全不復記憶。

「說不定，他已經死了。」

「也有可能還活著啊。」

兩人就這樣一句來一句去，已經分不清在談波多野還是阿常。

「那個女人，搞不好會像那個人一樣，哪天突然跑來喔！」

妻子看著健三說。健三只是交抱雙臂，沉默不語。

四十五

健三與妻子都很清楚阿常那封信的用意。整封信字裡行間都透露著這個意思，跟她不怎麼親的人都每個月寄點錢給她了，何況健三幼時受她百般照顧，如今怎麼可以裝作一副不認識的樣子，在人情義理上實在說不過去。

當時，健三將這封信轉寄給東京的哥哥，拜託哥哥提醒阿常，別老是寄這種東西來他的職場，實在太困擾了。哥哥也立即回信要健三放心，說他已經跟阿常說了，既然她和健三的養父離婚也改嫁了，就已經是外人，況且健三也已離開養父家，事到如今還直接寫信給健三本人，讓健三很困擾，以此為由請阿常別再寫信給健三，阿常也答應了。

之後阿常就沒再寫信來了。健三鬆了一口氣，但也有些過意不去。他並沒有忘記阿常過往的養育之恩，但討厭阿常的心情也一如往昔。總之，他對阿常的態度，和對島田的態度是一樣的。但討厭阿常，更甚島田。

「光一個島田就夠煩了，要是連那個女人也來煩實在受不了。」

健三如此暗自思索。對丈夫的過去不太瞭解的妻子，內心更是這麼想。妻子現在同情的是自己娘家那邊。她父親原本是相當有地位的人，但長期的浪人生活使他經濟上逐漸陷入困境。

健三常和來家中的青年對坐敘談，也開始對照他們愉快開朗的模樣與自己的內在生活，他覺得這些青年們，個個都只看著前方，愉快地一步步往前走。

有一天，他對其中一名青年說：

「你們是幸福的。因為你們想的都是畢業後要做什麼事，成為什麼樣的人。」

青年苦笑，如此回答：

「這是您那個時代的事吧。現在的青年可沒這麼悠哉喔。要做什麼事，成為什麼樣的人，這種事我們當然也是會想，但我們也清楚，世上也有很多我們無法如願的事。」

健三這也才恍然大悟，和自己畢業的年代相比，現在的世間確實艱難幾十倍。但是，這也都只是食衣住等物質上的問題。因此青年的回答，與他的想法多少有分歧之處。

「不，我說的是，你們不像我必須為過去煩心，所以很幸福。」

青年一臉費解地問：

「可是您看起來絲毫不像為過去煩心的樣子，反倒一副對自己的未來充滿信心。」

這次輪到健三苦笑了。他說了一位法國學者提出的記憶學說，給這位青年聽。

人在溺水或從懸崖墜落時，自己所有的過去會成為瞬間的記憶，霎時浮現腦海。這位法國哲學家，對這個事實提出一種解釋。

「人平常都是寄望著未來而生，當這個未來遭突發的危險堵住，覺得自己已經沒救了，這時會猛地轉眼回顧過去，所有過去的經驗會再度浮現腦海。這個學說是這麼說的。」

青年興致盎然聽著健三說明。但他不知健三遭逢的事，因此無法以這個道理來看健三。而健三也沒愚蠢到，認為現在的自己處於剎那間會想起所有過去的危險處境。

四十六

讓健三的心情陷入不愉快過去的始作俑者島田，五、六天後又出現在健三家的客廳。

此時這個老人映在健三眼裡，無疑是過去的幽靈，卻也是現在活生生的人，想必也會成為未來的黯淡陰影吧。

「這個陰影，究竟要糾纏我到什麼時候？」

健三不禁如此暗忖。與其說受到好奇心的刺激，毋寧是心中泛起層層忐忑的漣漪。

「最近，我去了一趟比田家。」

島田說話的遣詞用字，和之前一樣慎重。但說到為何要去比田家，他又裝模作樣地打哈哈，說得好像剛好有事去那一帶，因為好久不見順便去探望一下。

「那一帶也變了很多啊，跟以前不一樣了。」

健三懷疑坐在眼前這個人究竟有多少誠意。他真的為復籍的事去拜託比田嗎？而比田是否照說好的結論，斷然拒絕他了？健三甚至不得不懷疑這明確的事實。

「那裡原本有個瀑布，夏天一到，大家常去那裡玩呢。」

島田不理對方的反應，自顧自地閒扯瞎聊。健三當然不認為自己有必要主動提不愉快的問題，因此只是靜靜地聽，有一搭沒一搭地應和。而島田說著說著，不知不覺中遣詞用字也隨便了起來，最後談起健三的姊姊，竟也直呼其名。

「阿夏也老了很多啊。不過我們確實也很久沒見了。以前她可是個強勢的女人喔，常常言辭激烈跟我吵架。不過大家原本就像兄弟姊妹，再怎麼吵也很快就和好了。而且她有困難的時候常找我哭訴，我看她可憐，每次都會給她一點錢喔！」

島田說得傲慢自大，這要讓姊姊聽到肯定大發雷霆。況且他說話充滿惡意，總想把他站在自私自利立場看到的扭曲事實，強加在別人身上。

於是健三的話也漸漸少了，後來只是靜默不語凝視島田的臉。

島田相當好色，而且在路上看東西一定張著嘴巴，看起來有點蠢。可是無論看在誰的眼裡，都絕非善良的笨蛋。凹陷的雙眼深處總是在唱反調，雙眉顯得凶神惡煞，又窄又高的額頭上的頭髮，從年輕時就沒有旁分過，總是像法師般往後梳。

島田冷不防看向健三的眼睛，看出了他的心思。剛才一時重返昔日傲慢的作風，此刻又變回恭謹有禮的模樣。他原本試圖讓健三回到過去，此時已然斷念。

於是他開始張望室內的擺設。偏偏這客廳的擺飾，冷清到令人掃興，既無匾額也沒掛軸。

「你喜歡李鴻章的書法嗎？」

他突然如此問。健三難以說喜歡或討厭。於是他繼續說：

「如果你喜歡，我送你。那東西現在可是價值不菲喔！」

以前島田曾仿冒藤田東湖的筆跡，在宣紙寫上「白髮蒼顏萬死余」的詩句，作為古董掛在廚房爐灶的上方。他要送的李鴻章書法，可能也是他自己不曉得誰仿冒的吧。健三根本不想要島田的東西，冷淡不予理會。島田也終於走人了。

四十七

「他到底來幹什麼呀？」

妻子強烈覺得島田不會平白無故上門。健三也深有同感。

「我也搞不懂，畢竟魚和野獸差太多了。」

「你在說什麼呀？」

「我只是在說那種人跟我不一樣。」

妻子忽然想起自己娘家與丈夫的關係。兩者之間有一道自然形成的鴻溝，隔離了彼此。頑固的丈夫絕不肯越過這道鴻溝，堅持認為理應由製造鴻溝的那方填平。娘家的想法剛好相反，認為這道鴻溝是丈夫自己挖的，應該由他填平才對。妻子當然比較同情自己的娘家。她認為自己的丈夫是無法與世人和好相處的乖僻學者，同時也承認，丈夫與娘家不和，自己也是個主要因素。

妻子沉默不語，打算結束這個話題。偏偏健三滿腦子想的都是島田，沒看出妻子的靜默之意。

「妳不這麼認為嗎？」

「如果是拿他跟你比，當然是魚和野獸的不同囉。」

「我當然沒有要拿其他人跟我比。」

話題又回到島田身上。妻子笑問：

「他有提到李鴻章的掛軸吧？」

「他說要送給我。」

「你可千萬別收。收了那種東西，他以後說不定又會提出什麼無理要求。況且說要送你，只是嘴巴說說吧，其實他一定是想叫你買啦！」

比起李鴻章的掛軸，他們夫妻還有更多需要買的東西。例如妻子惦記著，女兒也越來越大了，卻沒能買件像樣的衣服給她外出穿，但她認為丈夫一定沒察覺到，也沒在擔這種心。可是丈夫也不輕鬆，他前陣子訂做了一件防雨外套，每個月要付兩圓五十錢給西服店。

「他好像沒提到復籍的事啊？」

「嗯，完全沒提。我都被他搞糊塗了。」

他是打從一開始為了試探我，才故意提出如此離譜的要求？抑或去找比田認真交涉談判，遭到比田斷然拒絕，才醒悟到完全行不通？健三完全摸不著頭緒。

「究竟是哪一種情況？」

「那種人的想法，我們是搞不懂的啦。」

實際上，島田是兩種都幹得出來的人。

過了三天後，島田又來敲健三家的門。這時健三在書房點燈，坐在書桌前思索一個思想上的問題，絞盡腦汁千迴百轉，終於找到一個頭緒時，冷不防被打斷了。他臭著一張臉，看向在書房門口雙手抵地等他回答的女傭。

「幹嘛這樣三番兩次來打擾別人。」

他在內心如此碎唸，但沒勇氣斷然拒絕會面，就這樣默默望著女傭。

「可以讓他進來嗎？」女傭問。

「嗯。」

迫於無奈，健三只好答應，接著又問：「夫人呢？」

「夫人說身體有點不舒服，剛才就躺在床上休息了。」

健三深知，妻子睡覺時最好別吵她，否則她的歇斯底里一定會發作。因此他緩緩起身站了起來。

四十八

那時，並非每戶人家都有電燈。健三家的客廳，一如往常點著昏暗的煤油燈。

這盞煤油燈是將油壺嵌在細長竹台上，下面是個鼓形底座，底部平坦放在榻榻米上。

健三來到客廳時，島田正把煤油燈拉到自己旁邊，一會兒把燈芯抽上來，一會兒又壓回去，觀察著火光大小。看到健三來了，他連正式的招呼都沒打就說：「積了不少油煙的樣子。」

確實，玻璃燈罩都燻得有點黑了。這種煤油燈有個特點，若燈芯沒剪齊又拉得太高，就會出現這種異常現象。

「換一盞燈吧。」

健三家裡，同型的煤油燈有三盞，想叫女傭把飯廳的煤油燈拿來換。可是島田只含糊應了一聲，一直盯著燻得模糊不清的燈罩。

「這要怎麼調呢？」

島田自言自語，從不透明的毛玻璃花草圖案縫隙看向燈罩裡。

在健三的記憶裡，島田對這種事特別在意，這方面堪稱是正經八百的認真男人，甚至嚴謹到有潔癖的程度。像是為了彌補與生俱來在倫理上的不乾淨，與金錢上的不乾淨，他對客廳和簷廊的灰塵相當在意，時常撩起衣襟下襬，勤於擦拭，還會赤腳走去院子，連不必要的地方都打掃灑水。

東西壞了，他一定自己修，或是嘗試修復。為此，無論要花多少時間，付出多少勞力，他都絕不厭煩。這不僅是他本性如此，更因他把握在手中的一分錢硬幣，看得比時間和勞力更寶貴。

「這種東西自己在家裡就能做了，幹嘛花錢請人來做，太吃虧了。」

他最怕的就是吃虧。這麼怕吃虧，卻不知吃了多少眼睛看不見的虧。

「我老公就是太老實了。」

以前阿藤曾在健三面前，如此評價自己的丈夫。縱使當時健三不諳世事也知道這並非事實。可是那時他沒對阿藤說什麼，只是善意地理解成，因為在自己的面前，儘管她明知是謊言也要粉飾丈夫的品行。然而如今看來，她的評價確實也有些依據。

「畢竟吃了大虧卻不知道，不就是太老實嗎？」

健三同情眼前這個老人，為了滿足金錢上的慾望，拼命動那與慾望不相稱，簡直堪稱幼稚的腦筋，想想也真可憐。此刻他將凹陷的雙眼，湊在毛玻璃燈罩旁，像在研究般盯著那盞昏暗的燈。健三當他是個可憐的人看著。

「他已經這麼老了。」

健三看著此情此景，如此暗忖，領略到島田煎熬的一生，卻也同時思索自己會如何老去。他討厭「神」這個字，但此時內心確實出現「神」這個字。他強烈地感受到，若「神」能以祂的神眼看穿自己的一生，結果可能和這個貪婪老人的一生差不多吧。

此時，島田像突然轉了轉煤油燈的螺絲，細長的燈罩中，霎時充滿紅色火焰。他看了也大吃一驚，旋即又將螺絲轉回去，可是轉過頭了，使得原本就昏暗的燈光變得更黯淡。

「總覺得哪裡有問題吶。」

健三拍了拍手，喚女傭拿另一盞燈來。

四十九

這晚的島田，和上次來的時候，態度上沒什麼差別。對應上的遣詞用字，也把健三當作獨立的個人看。

不過，他似乎已經忘記上次說的掛軸，連李鴻章的李字都沒說。更遑論復籍之事，更是隻字未提。

他儘可能想閒話家常，可是不可能找得到兩人都感興趣的事，因此他說的事，對健三都是毫無意義且相隔太遠的事。

健三覺得無聊極了，但在無聊中也保持警戒。他預料這個老人，有一天肯定會帶著某種東西，態度比現在更清楚，出現在自己面前。此外，那個東西肯定會讓自己不愉快，或損害自己的利益。

因此無聊之際，他也感到一種細微而尖銳的緊張。或許因此之故，他覺得島田看自己的眼神，已與剛才透過毛玻璃燈罩看油煙燻黑煤油燈時的眼神截然不同。

「有機可趁就要撲過去！」

他那雙凹陷的雙眼雖然黯淡無光，卻顯然透露出這個意思。健三自然要擺出抵抗架勢。然而有時，健三果斷地擺出這種架勢，是為了讓對方饑渴的眼神鎮定下來。

此時，後面的房間忽然傳來妻子的呻吟聲。健三的神經比誰都對這個聲音敏感，立即豎起耳朵。

「有人生病嗎？」島田問。

「是啊，內人有些不舒服。」

「這樣啊，這可不行啊。是哪裡不舒服？」

島田尚未見過健三的妻子，甚至連她什麼時候，從哪裡嫁來的都不知道，因此他這話只是一般的問候。健三也不希冀他對妻子的同情。

「最近天氣很差，千萬得小心身子啊。」

孩子們早已入睡，後面房間一片寂靜。女傭似乎在離得最遠的廚房旁三疊房間裡。這時放妻子一人，健三實在於心不忍，遂拍了拍手喚女傭來。

「妳去後面的房間，守在夫人旁邊。」

「哦，好。」

女傭一臉不解，關上房間的拉門。健三重新面對島田，但他的心思已不在島田身上。他希望這個老人趕快走，言談與態度都表現得很明顯。

儘管如此，島田還是遲遲不肯起身。直到實在無話可說，迫於無奈才將屁股挪開坐墊。

「你這麼忙的時候，我實在太打擾了。改天再來拜訪。」

他對健三妻子的病沒說什麼，下到玄關換鞋處又轉身看向健三。

「晚上的話，你會比較有空嗎？」

健三不置可否含糊回答，站著不動。

「其實我有一點事想跟你談。」

健三默默不語，沒反問什麼事。島田在健三手持的昏暗燈影下，又抬頭看向健三，眼中閃現混濁光芒。那眼神果然心懷不軌，一副有機可趁就會撲過來的模樣，令人厭惡至極。

「那我告辭了。」

最後島田打開格子門走出去，說了這句話，終於消失在黑暗中。健三家的門口甚至沒有門燈。

五十

健三立即來到後面的房間，站在妻子枕邊。

「哪裡不舒服嗎？」

妻子睜開眼睛，望著天花板。健三也在棉被旁俯視妻子的眼睛。擺在拉門旁的煤油燈光比客廳暗，暗到健三難以看清妻子的眼眸究竟看向何處。

「哪裡不舒服嗎？」

健三只能繼續問同樣的問題，但妻子依舊不答。

結婚以來，健三已幾度碰過這種情況。但他的神經過於敏感，實在很難適應這種現象，每次碰到總會萌生同樣程度的不安。他立即在枕邊坐下，對女傭說：

「妳可以出去了。這裡有我就行了。」

女傭原本茫然地坐在棉被尾端，無聊地看著健三。經健三如此一說，女傭默默起身來到門檻邊，雙手抵在榻榻米上道了一句「晚安」後，隨手關上拉門，卻留下一根穿著紅線的針掉在榻榻米上。健三見狀，蹙眉拾起女傭掉落的針。若是平常，他會把女傭叫回來數落幾句，再把針遞給她，但此刻他只默默拿著針沉思。最後，他將這根針插在拉門上，轉身又看向妻子。

妻子已經沒有望著天花板，但也看不出她究竟在看哪裡。一雙烏黑大眼眸有活著的光芒，可是缺乏活著的動靜。她睜大宛如與靈魂沒有直接連結的雙眼，茫然地看著瞳孔朝向的方向。

「喂！」

健三搖晃妻子的肩頭。妻子沒回應，只是稍稍轉頭面向健三，但眼神沒有出現確認丈夫就在那裡的光芒。

「喂，是我啦！看不出來嗎？」

此時他說話一如往常，陳腐簡略又粗魯。但這句話裡，有著只有他才知道的憐憫、痛苦與悲哀，也包含了跪地祈求上蒼時的虔誠與願望。

「請妳開口跟我說話。算我求妳，拜託妳看著我的臉。」

他在心裡如此懇求妻子，卻又絕不肯將這迫切的懇求說出口。他是很容易感傷的男人，但絕不表現出來。

妻子的眼神忽然恢復正常，恍如睡夢初醒看著健三。

「老公？」

她的聲音輕細悠長，面帶微笑。可是看到健三依然緊張的面容後，收起了笑容。

「那個人走了？」

「嗯。」

兩人沉默了片刻。妻子又轉頭，看向睡在旁邊的孩子。

「睡得真香啊。」

孩子睡在同一張床上，枕著小枕睡得又香又甜。

健三伸出右手，貼在妻子額上。

「我去拿冷水給妳敷頭吧？」

「不用啦，我已經好了。」

「不要緊嗎？」

「嗯。」

「真的不要緊？」
「沒事。你也快去睡吧。」
「我還不能睡。」
健三再度走進書房，不得不在寂靜的夜裡獨自熬夜。

五十一

他精神亢奮了無睡意，腦袋卻亂成一團。他像思緒遭打斷的人，在遮蔽思路前進的迷霧中痛苦掙扎。

他想到明天早上，自己必須站在比很多人高一階之處的可憐模樣。講台下的青年們會專心看著自己可憐的臉，也會認真筆記自己不精通的講解。想到這個，健三就覺得對不起那些青年。這是自己的虛榮心與自尊心都無法超越的事，給他帶來莫大痛苦。

「明天的授課內容可能又整理不出來了。」

想到這裡，他忽然討厭自己的努力。每當思路愉快順暢，他常會受到某種鼓舞，覺得「自己腦筋不差」，可是這種自信與自戀也忽然消失了，同時對於搗亂自己思緒運作的周圍環境的不滿，也比平常更為高漲。

最後，他將筆往桌上一扔。

「算了，我不寫了。怎樣都無所謂！」

此時已深夜一點多。他熄了煤油燈，沿著簷廊摸黑走到走廊[30]，看見走廊盡頭的房間，有兩扇拉門透著燈光。健三打開其中一扇走了進去。

孩子們像小狗般睡成一團。妻子也靜靜地闔眼仰躺而眠。

健三留意不要弄出聲響，小心翼翼坐在妻子旁邊，稍稍伸長脖子，俯視妻子的臉。然後悄悄伸出手去，放在妻子睡臉的上方。妻子閉著嘴巴。他的手心微微感受到她鼻孔呼出的熱氣。鼻息相當規律，且平穩。

他終於收回手後，驀地心生一念，覺得不再度呼喚妻子的名字難以安心。卻也立刻打消

30 簷廊是面向庭院的邊廊，走廊是可以連結各個房間的走道。

這個念頭。但隨即又把手放在妻子的肩上，想再度把她搖醒，但終究也忍住了。

「應該不要緊吧。」

他終於能回歸一般人該有的判斷。然而他對妻子的病已然神經過敏，因此認為這是任何人在這種情況都會採取的尋常步驟。

對於妻子的病，熟睡是最佳良藥。健三經常長時間守在妻子旁邊，擔憂地看著妻子的臉。當他看到難能可貴的睡眠，靜靜降臨在妻子眼瞼上，總覺得恍若天降甘霖。但若妻子睡得太久，看不到她的眼眸，健三又會不安起來。為了看到妻子緊鎖在睫毛下的眼睛，他有時也會故意搖醒睡到不省人事的妻子。當妻子睜開沉重的眼皮，露出滿臉疲憊，宛如在訴說「你就不能讓我多睡一點嗎」，健三才開始後悔。但他若不做這種可悲的舉動，確認妻子是否活著，他的神經又不允許。

終於他換上睡衣，窩進自己的床鋪，任憑寂靜的深夜擺佈他混濁且騷動的腦袋。深夜過於黑暗，難以清除他腦中的混濁，可是足夠寂靜得以停止他腦中的騷動。

翌晨，他聽到妻子喚他的名才醒來。

「你該起床了喔。」

妻子尚未離床，伸手拿他枕邊的懷錶來看。廚房傳來女傭在砧板上的切菜聲。

「女傭已經起床了嗎？」

「對啊，我剛才去叫她起床了。」

妻子去叫醒女傭後，又窩進棉被裡。健三立即起床。妻子也同時起身。

昨夜的事，兩人似乎都忘記了，什麼都沒說。

五十二

兩人都沒注意到自己的態度，也沒反省。然而兩人也都意識到，冥冥之中彼此有種特殊的因果關係，也明白這種因果關係是別人完全無法理解的，所以甚至不會擔心，不明內情的第三者會不會覺得他們怪怪的。

健三一如往常，默默地外出工作。但在講課時，他驀然想起妻子的病，眼前像做夢般浮現妻子烏黑的眼睛。此時他覺得必須立刻走下高高的講壇回家，或覺得家裡馬上就會有人來接他回去。他站在寬廣教室的一角，望向正前方盡頭處的遙遠大門，又抬頭看向猶如頂著武士頭盔又高又圓的天花板。天花板相當講究，用清漆的角材層層架設，讓高處顯得更高，然而這樣的天花板也不足以包住他小小的心。最後他的視線落在下方那一排排的黑腦袋上，眾多青年乖乖地在聽他講課，使他猛然醒悟，無可奈何又回歸現實。

被妻子的病折磨到這種地步的健三，相較之下不太怕被島田搞鬼。因為他認為島田是刻薄又貪婪之人，卻沒有能力充分發揮這種習性，所以毋寧是藐視他。只是要把時間浪費在這種人身上，和他談不必要的事，對健三而言，比一般人能承受的程度煩上千萬倍。

「下次他又會來說什麼呢？」

健三預料島田又會來煩他，說得苦不堪言，催促妻子回答。

「這還用問嗎？既然你這麼在意這件事，何不早早跟他斷絕來往。」

健三內心贊成妻子的看法，說出的偏偏是反話。

「我沒有很在意那種人喔。本來就不是什麼可怕的事。」

「我沒說是可怕喔。可是你一定也覺得很煩吧。」

「世上有很多事情，不是嫌麻煩這種單純的理由就可以不做。」

健三對妻子說這話有些固執硬拗。下次島田又來的時候，健三儘管比平常更忙，終究也無法拒絕和他見面。

島田此次再來想談的事，果如妻子所料是錢的問題。之前島田就在伺機而動，打算有機可趁就要撲過來，可能認為一直等下去也不是辦法，索性放棄找機會，開始直接逼迫健三。

「我最近有點困難，實在也沒地方拜託別人，請你務必要幫幫我。」

老人這話隱含著蠻橫之意，宛如要健三知道答應他的要求是一種義務，但也沒強勢到傷害健三敏感的自尊心。

健三起身去書房，從書桌上拿來自己的錢包。他不負責掌管家中財務，錢包當然很輕，甚至連著幾天空空如也擺在硯盒旁也不足為奇。他掏出錢包裡摸得到的鈔票，全部放在島田前面。島田一臉詫異。

「反正我無法滿足你的要求。儘管如此，我還是盡我所能，全部都給你。」

健三說完，直接打開錢包給島田看。島田走了以後，健三將空錢包扔在客廳直接回書房，也沒跟妻子說給島田錢的事。

五十三

翌日，健三一如往常按時回家，往書桌一坐，看到昨天那個錢包慎重地被放在老地方。這個真皮的大型對折皮夾，是他以前在倫敦最繁華的市區買的，也是他隨身物品中過於豪華的高級品。

當初從國外帶回來的紀念品，如今他已越來越不感興趣，這個錢包也形同無用的冗物。他甚至不解，妻子為何慎重地將它放回原位。他只對這個空錢包投以嘲諷的一瞥，碰都沒碰一下，就這樣過了幾天。

後來，到了健三需要用錢的日子。他拿起桌上的錢包，遞到妻子面前。

「喂，放點錢進去！」

妻子右手拿著尺，抬頭看向丈夫。

「裡面應該有錢喔。」

上次島田走了之後，她沒問丈夫任何事，夫妻間也從未談過錢被老人拿走之事。因此健三認為，妻子可能不瞭解情況才會這麼說。

「那個錢我已經給人了。錢包早就空空如也。」

妻子似乎依然沒察覺自己的誤解，將尺扔在榻榻米上，把手伸到丈夫面前。

「錢包給我看一下。」

健三覺得她莫名其妙，但還是把錢包遞給她。妻子打開錢包，裡面出現四、五張鈔票。

「看吧，我就說裡面有錢嘛。」

她以手指夾起沾有手垢皺巴巴的鈔票，高高地拿到胸前給健三看。那舉動彷彿在誇示自己的勝利，並伴隨著微笑。

「妳幾時放進去的？」

「那個人走了以後。」

對於妻子的體貼，健三與其說歡喜，更是一臉稀奇難得地看著她。因為在他的理解裡，妻子是鮮少做這機伶窩心事的女人。

「難道是我背著她被島田拿走了錢，她覺得我可憐？」

健三如此思忖，但沒開口問她原因。妻子抱持的態度也和丈夫一樣，懶得主動說明。她所填補的金錢就這樣默默被收下，也默默被花掉了。

不久，妻子的肚子漸漸大了起來，日常生活起居顯得越來越吃力，情緒波動也很大。

「這次，我說不定沒救了喔。」

她時而若有所感，如此邊說邊哭。健三通常不太搭理她，但這時也不得不陪她說話。

「為什麼？」

「我也不知道為什麼，我就是這麼覺得。」

提問與回答無法再進行下去，但背後經常潛藏著某種飄渺的含意。這種含意若以單純的語言說出來，就會消失到語言難以觸及的遠方。恍如鈴聲潛藏於耳膜不可及的幽微世界。

她想起健三的嫂子就是死於孕吐，也拿自己懷長女時苦於同樣的症狀來對照。當時已經危急到，若再過兩三天無法進食，就得採取滋養灌腸法[31]來補充營養，但最後自己還是挺過來了。想到這裡，她覺得活著反倒是一種偶然。

「當女人真沒意思。」

「這是女人的義務，沒辦法。」

健三回答的是一般世人的說法。但以他的理智來評判，這種說法壓根是胡說八道，不禁暗自苦笑。

五十四

健三的心情也時好時壞。縱使信口開河也好，但他就是說不出讓妻子寬慰的話。時而看到妻子難受地躺在榻榻米上的狼狽樣，他甚至會怒火中燒，一直站在枕邊，故意冷淡地命令妻子去做不必要的事。

但妻子動也不動，大肚子貼著榻榻米，一副要打要踢隨便你的態度。向來話不多的她越來越固守沉默，任憑丈夫如何氣急敗壞也視而不見。

「總之就是倔強。」

這句話說明了妻子的一切特色，深深烙印在健三心裡。他簡直像拋開其他所有的事，將

31 將滋養液從肛門注入，讓腸壁吸收。

整付注意力集中在倔強這個觀念上。將四周全部弄暗，儘可能將強烈的憎惡之光投射在這兩個字上。而妻子則靜默得像魚或蛇，默默承受這份憎惡。看在旁人眼裡，妻子無論何時都是品格高尚的女人，而丈夫得到的評價總是像瘋子般脾氣暴躁的男人。

「你對我這樣冷淡無情，我的歇斯底里又會發作喔。」

妻子時不時露出這種眼神。不知為何，健三很怕這種眼神，同時也厭惡至極。傲慢的他內心祈禱妻子平安，表面硬是裝出隨便妳的態度。然而妻子非常清楚，他這強硬的態度裡，始終有著近似假裝的弱點。

「反正我臨盆的時候會死掉，我無所謂。」

她如此低喃，故意說給健三聽。健三很想回她一句，那妳就去死吧！

有天夜裡，他忽然醒來，發現妻子睜大眼睛盯著天花板，手裡拿著他從西方帶回來的剃髮刀。她沒有把折在黑檀木刀鞘裡的刀刃拉出來打直，只是握著黑色刀柄，因此刀刃的寒光沒有襲擊健三的視覺。儘管如此，健三也倒抽了一口氣，撐起上半身，連忙奪走妻子手中的剃髮刀。

「別做傻事！」

說這話的同時，他使勁扔掉剃髮刀，恰好打中拉門的玻璃。被砸碎的玻璃掉在外面的走廊上。妻子一臉茫然，恍如在做夢，一句話也沒說。

她真的是情緒激動得要動刀嗎？還是歇斯底里發作無法掌控自己的意志，神智不清玩弄起刀子？抑或只是想戰勝丈夫，基於女人的策略才這樣嚇唬人？可是就算要嚇唬人，她真正的用意又是什麼？想讓丈夫變回溫和親切的人對待她？又或者只是被膚淺的征服慾驅使？——健三躺在床上，對這件事做了五、六種解釋。時而也悄悄將睡不著的眼睛轉向妻子，觀察她的動靜。妻子不曉得睡著了還是醒著，動也不動，宛如死人。健三又靠回枕頭，繼續思索如何解決問題。

解決這個問題，對於掌握他實際生活而言，遠比學校的講課更為重要。他對妻子的基本態度，完全取決於如何解決這個問題。比現在單純許多的以前，他一心認為妻子不可思議的舉動是生病所致。以前，每當妻子的病發作，他總帶著在神前懺悔的誠意，跪在妻子的膝下。他深信這是身為丈夫最親切且最高尚的處置。

「縱使是現在，也只要弄清原因就行。」

他內心充滿這種慈愛。偏偏很不幸的，原因似乎不像以前那麼單純。他絞盡腦汁左思右想，依然想不出解決辦法。想累了，迷迷糊糊睡著了，醒來又得立即出門教課。因此關於昨夜的事，終究沒機會和妻子談。而妻子也隨著太陽升起，一臉似乎忘光光的模樣。

五十五

歷經這種不愉快的場面後，通常「自然」會當仲介者走進兩人之間。於是兩人又像普通夫妻般，不知不覺說起話來。

但有時「自然」只是個旁觀者。夫妻無論去哪裡，總是無法和睦相處。當兩人的關係達到極度緊繃，健三總會叫妻子回娘家。妻子則擺出要不要回去是她的自由的態度。健三討厭她這種態度，因此毫無忌憚重複同樣的話。

「那我就暫時帶小孩回娘家吧。」

妻子也曾這麼說，真的就暫時回娘家了。健三以每個月寄伙食費去為條件，換回了以前的書生生活，喜不自勝。寬敞的房子只剩自己和女傭兩人，健三看著這突來的變化，絲毫不覺寂寞。

「啊，多麼清爽啊！舒服極了！」

他在八疊的客廳中央擺上一張小矮桌，從早到傍晚在這裡寫筆記。由於時值酷暑，身子有點虛的他，經常累了就往後一倒，仰躺在榻榻米上。這泛黃又陳舊的榻榻米不知何時換的，已頗具年代感，如蒸籠般蒸著他的背且直透心田。

他寫筆記的字也顯得擁擠悶熱，密密麻麻又小又細，只能以蠅頭小字來形容。然而能盡量寫好這份草稿，是他此時最愉快的事。但也是痛苦，也是義務。

女傭是巢鴨一名花匠的女兒，為了健三從家裡帶來兩三缽盆栽，擺在飯廳的簷廊邊。健三吃飯時，她在一旁伺候，也會說很多事給健三聽。健三喜歡她的親切可人，但鄙視她的盆栽。因為那是只要去廟會，花個二三十錢，就能連盆一起買到的便宜貨。

健三一心一意寫筆記，完全沒想到妻子，甚至從沒起心動念要去妻子的娘家看看，也不再擔憂妻子的病了。

「反正萬一又發作了，有她父母陪著。要是情況嚴重，他們會來跟我說吧。」

他的心情，遠比和妻子在一起時平靜許多。

他不僅沒去看妻子娘家的人，也沒去看自己的兄姊。對方也沒來看他。他只是獨自一人，白天努力做學問，夜晚涼快就外出散步，然後窩進補釘的藍色蚊帳裡睡覺。

一個多月後，妻子忽然回來了。這時健三正在夕陽西斜的向晚天空下，獨自在不算寬敞的院子悠哉散步。當他走到書房的簷廊前，妻子忽然從半朽的柵欄門現身。

「老公，我們還是回到從前那樣吧。」

健三發現妻子穿的木屐表面已然起毛，後跟也磨損得很難看，心生悲憫從錢包掏出三張一圓紙鈔，讓妻子握在手裡。

「太難看了，拿這錢去買雙新木屐吧。」

妻子回娘家後過了幾天，岳母才來拜訪健三。她提的事和妻子拜託健三的大同小異，只是在榻榻米上再說一次，要他把妻小領回來。既然妻子想回來，若是拒絕她，健三也覺得自己太無情，遂二話不說答應了。於是妻子又帶著小孩回駒込的家中了。但她的態度和回娘家前一模一樣，絲毫沒有改變，因此健三覺得被岳母騙了。

每當他獨自回顧這個夏天發生的事就滿心不悅，不知道這種日子要持續到什麼時候。

五十六

同時，島田也不忘三不五時來健三家露臉。既然一度嚐到了甜頭，他怕就此放手就沒了，因此變得更黏人。健三也落得必須時常走進書房，拿那個錢包給島田看。

「這個錢包真不錯啊。外國的東西就是不一樣。」

島田拿起那個對折的大錢包，讚嘆不已，裡裡外外來回端詳。

「不好意思，讓我問一下。這東西在那裡賣多少錢？」

「我記得是十先令。換算成日幣，大概五圓左右吧。」

「五圓？還真貴啊！淺草的黑船町那邊，我認識一家歷史悠久專做提袋或錢包的老店，去那裡做一定便宜很多。下次需要的話，我可以幫你拜託他們。」

健三的錢包經常沒什麼錢，有時根本空空如也。可是這種場面，他迫於無奈也只能陪坐，遲遲難以起身離席。島田總是東拉西扯，遲遲不肯走人。

「不給點零用錢他是不肯走就對！討厭的傢伙！」

健三內心氣憤不已。可是再怎麼困擾，他也不曾特別向妻子拿錢給這個老人。妻子似乎也覺得這是小事，沒跟健三抱怨過。

幾次下來，島田的態度越來越囂張，已經能若無其事地開口，要健三湊二十錢或三十錢給他。

「你一定要幫幫我。我到了這把年紀沒有能養老的兒子，真的只能依靠你了。」

他甚至沒有察覺到，自己說的話有多麼蠻橫無恥。縱使健三氣得說不出話來，他依然狡猾地轉動凹陷混濁的眼睛，不客氣盯著健三。

「你生活過得這麼好，不可能拿不出十錢或二十錢吧。」

他連這種話都說出口。

島田終於走了以後，健三滿臉厭煩對妻子說：

「他是存心想一點一點蠶食我啊。起初他想一次攻陷，可是被我拒絕了，這回改成從遠處步步進逼。這傢伙實在有夠討厭！」

健三只要一生氣，就很愛用「實在」、「最」、「極其」等最大級的字眼來發洩怒氣。相形之下，妻子雖然倔強，但冷靜多了。

「誰叫你要上當。一開始就小心謹慎，別讓他靠近你不就得了。」

健三一臉氣呼呼的，彷彿在說這種事我打從一開始就知道了。

「如果我想跟他斷絕來往，隨時都辦得到。」

「可是這麼一來，至今的交往不就虧大了？」

「這事跟妳無關，所以妳會這麼想。可是我跟妳不一樣。」

妻子不太懂健三的意思。

「反正看在你眼裡，我就只是個笨蛋。」

健三連訂正她的誤解都嫌麻煩。

兩人感情不睦時，連這種程度的對話都沒有。健三望著島田的背影離去，旋即默默走進書房。可是他沒看書也沒執筆，只是呆呆地坐著。妻子也無法一直理會這個宛如脫離家庭的孤獨之人。她認為丈夫要把自己關在禁閉室也無可奈何，只能隨他去。

五十七

健三的心，宛如糾結成一團紙屑。有時心中的怒氣沒有機會發洩，他會痛苦得不得了，還曾將簷廊上的花草盆栽踢飛下去，那是孩子們央求母親買的。看到土紅的素燒花盆應聲破裂，他甚至如願以償感到些許滿足。但隨即看到遭受殘酷摧毀的花朵枝莖的可憐樣貌，他又被一種無常的心情擊垮。殘酷無情地毀了能給年幼無知孩子帶來歡喜慰藉的美麗之物，竟是他們的父親。意識到這一點，使健三更加悲傷。他懊悔自己的行為，卻也不敢在孩子面前坦白自己的過錯。

「責任不在我！畢竟是那傢伙把我逼到做出這種瘋狂行為，是那傢伙的錯！」

他內心總如此為自己辯解。

為了鎮定他波動的情緒，需要平心靜氣的對話。但他總是避開人們，根本找不到這種談話機會。他覺得自己孤單一人，用自己的熱在悶燻自己。看到令人討厭的保險公司推銷員名片，他怒斥拿名片來的無辜女傭。聲音大到讓站在玄關的推銷員聽得一清二楚。事後他恥於自己的態度，也氣自己無法帶著基本的善意與人接觸，但同時也和踢飛孩子們的盆栽一樣，又堂堂正正在心裡碎唸同樣的藉口。

「錯不在我！即使那個推銷員不瞭解，我也明白錯不在我！」

沒信心的他，無論如何都說不出「老天爺一定很清楚」，甚至也不覺得能說出這句話會有多幸福。他的道德總是始於自己，也只終於自己。

他經常思索錢的事，有時也會懷疑自己為何不以物質上的富裕為目標來工作。

「我若朝著這方面專心去做，也會有一番成就。」

他內心也曾有這種自負。

他覺得自己寒酸的生活很愚蠢，也同情過得比自己更拮据、更窮的親戚。甚至也以同情的眼光看待，為了極其低級的慾望，一天到晚忙著鑽營的齷齪島田。

「大家都想要錢。除了錢以外，什麼都不想要。」

想到這裡，他頓時不知道自己一路以來究竟在幹什麼。

他原本就是不會賺錢的人。就算能賺錢，也捨不得把時間花在這裡。剛畢業時，他就放棄了其他工作機會，只在一間學校教書，領四十圓月俸便心滿意足。這四十圓被父親拿走一半，他以剩下的二十圓，向古寺租了一個房間住，每天只吃地瓜和油炸豆腐度日。但在那段期間，他沒做出任何成績。

當時的他與現在的他，各方面都已大相逕庭。但經濟不寬裕與沒有做出成績，似乎無論走到哪裡都不會變。

究竟是想當有錢人，還是想當偉人，他總在兩者之間徘徊不定，而且做得半吊子，如今想定出個方向。但現在才想發財，不擅此道的他為時已晚。可是想當偉人，也有各種煩惱阻撓。仔細思索這些煩惱的源頭，沒錢果然是重大原因。不知如何是好的他焦慮萬分。他還需要一段很長的時間，才能看到金錢力量無法支配的真正偉大。

五十八

健三回國時，已感到金錢的重要性。雖然久違地在自己的故鄉東京建立家庭，身上卻連一枚硬幣也沒有。

他離開日本時，將妻小託給岳父。岳父騰出宅邸裡一間小屋給他們住。這是妻子的祖父母生前住的房子，儘管狹小也不至於寒酸，隔間拉門貼著南湖的繪畫[32]，應是留下來緬懷故人的紀念。

岳父是官吏，雖然不是榮華富貴的大官，也不至於窮到讓健三出國時托付給他的親生女兒與外孫過苦日子。加上政府也按月發放一些津貼給健三的妻子。因此健三也放心留下家人出國留學。

他在國外期間，內閣有了變動。岳父被調離原本比較安穩的閒職，來到一個非常忙碌的職位。不幸的，這個新內閣又立即倒台，岳父也被捲入漩渦下台了。

健三在遙遠國外聽到這個消息，滿心同情地遙望故鄉的天空。但他認為無須擔憂岳父的經濟狀況，因此也沒為此事煩心。

糊塗的他回國後，起初沒留意這件事，也沒察覺到異樣。他一心認為妻子靠每個月領的二十圓[33]也足以養兩個小孩與僱請女傭。

32 南湖，春木南湖（一七五九—一八三九），江戶後期畫家，亦號烟霞、釣叟、幽石亭、呑莫翁。擅長山水花鳥。

33 當時政府發給留學生的留守家族的津貼。

「畢竟不用付房租。」

這種悠哉的想像，使他看到實際情況後，驚愕不已。他不在的這段期間，妻子把自己的日常衣服穿得又破又爛，迫不得已竟將健三留下的樸素男裝改來穿。棉被破得露出棉絮，寢具也綻裂了。儘管如此，岳父在一旁看著也無能為力。因為他失去官職後，做起了股票買賣，賠光了僅剩不多的積蓄。

健三穿著幾乎無法轉動脖子的高領西裝歸來，看到處境如此慘澹的妻子，也只能驚愕地沉默不語。洋氣十足的他，被眼前充滿諷刺的情景殘酷地擊倒了。他連苦笑的勇氣都沒有。

不久，他托運的行李到了。連一只戒指都沒買給妻子的他，行李裝的淨是書籍。在這個老人住過的狹小房子，他連書箱的蓋子都沒空間打開。於是他開始尋找新的住處，同時也必須設法籌錢。

唯一的辦法就是辭去一直以來做的工作。因為辭去這份工作，他可以領到一筆退職金。依照規定，工作滿一年，離職時能領到半個月薪水的退職金。這筆錢當然不多，但好歹能添置一些日常生活的必需品。

他帶著那一點錢，和一位老朋友到處去看二手傢具店。這位朋友有個毛病，不管東西怎樣，總愛一個勁地殺價，光是走走看看就花了不少時間。儘管看了很多茶盤、菸灰缸、火盆、碗公，但買得起的少之又少，因此朋友總命令似的叫老闆降價，若老闆不肯降價，朋友便把健三留在店裡，自己掉頭走人。健三迫於無奈也得追上去，有時走得慢些，朋友就在遠處大聲喚他。朋友是個熱心腸的男人，同時也是分不清到底是他買東西還是別人買東西的烈性男人。

五十九

除了日常所需用品，健三還得訂做新的書櫃與書桌。他站在製作西式傢具的店門口，與不斷撥著算盤的老闆交涉。

他訂做的書櫃沒有玻璃門與後擋板，雖然容易積灰塵，但阮囊羞澀也顧不得這麼多。木料不夠結實，沉甸甸的西洋書往上一放，層板就彎曲得令人擔憂。

儘管買來的淨是粗糙品，依然耗費了他不少時間，不知不覺也把特地辭職才領到的錢花光了。糊塗的他難以置信地睜大眼睛，環視毫無情趣的新居，驀地憶起在國外時，因急需做衣服，向住同一棟公寓的人借了錢，如今究竟要怎麼還人家。

偏偏就在此時，那人來信催討，說如果情況可以，希望健三把錢還給他。健三坐在新做的高桌子前，盯著這封信好一陣子。

雖然住在一起的時間不長，但健三對那個曾在遙遠國度一起生活的人，記憶猶新。他與健三是同一所學校出身，畢業的年份也差不多。但他是堂堂的政府官員，奉命前來調查重要事項，因此財力與健三的獎學金相比，簡直天壤之別。

除了寢室，他還租了一間客廳，到了晚上會穿著漂亮的刺繡綢緞睡衣，坐在客廳溫暖的暖爐前看書。健三則像被塞在朝北的狹小房間，冷颼颼地縮著身子，暗自羨慕他的境遇。

那時健三甚至有節省午餐的悲慘經驗。有一次，他外出回來的途中買了一份三明治，漫無目的在遼闊的公園邊走邊吃，一手要撐傘擋住強風吹來的斜雨，一手還要拿著薄薄肉片與麵包做的三明治，吃得苦不堪言。他幾度想在長椅坐下，卻又猶豫不前，因為長椅都被雨淋濕了。

還有一次，他打開街上買的一盒餅乾當午餐吃，不喝熱開水也不喝涼水，咔滋咔滋咬碎又硬又脆的餅乾，就著唾液硬吞下去。

有時，他會去車夫和工人常去的寒酸簡易食堂，隨便解決一餐。那裡的椅背高得像屏風直立著，不像一般食堂可以一目了然看見寬敞的室內，能夠看見的只有與自己坐同一排的人。每個人都是一張不知多久沒洗澡的臉。

過著這種生活的健三，看在那個室友眼裡實在覺得可憐，因此他也常邀健三過去吃午餐，也會帶健三上澡堂，請健三一起過來喝下午茶。健三向他借錢，就是他如此親切以待的時候。

聽到健三要借錢，他宛如扔廢紙般，隨手就遞了兩張五英鎊鈔票給健三，當然也沒說何時要還。健三是打算回日本再想辦法還他。

回到日本後，健三也一直惦記著這件事。但收到催討信之前，沒想到對方要得這麼急。健三走投無路只好去找一位老朋友。他知道這位朋友不是什麼有錢人，但也清楚他的地位比自己更容易籌到錢。朋友果然答應他的請求，將所需的錢如數送到他面前。健三拿到錢立即歸還那位在國外有恩於他的室友。至於新借的錢，則和朋友約好每個月還十圓。

六十

就這樣，健三逐漸在東京安頓下來，也察覺自己的物質生活有多貧乏。儘管如此，他認為在財力以外的方面，自己是個優勝者。這種自覺使他感到幸福。然而這種自覺終究也被金錢問題攪亂時，他也開始反省了，甚至認為平常泰然自若穿出門的印有家徽的黑棉布和服，就是自己無能的證明。

「我都過得捉襟見肘了，居然還有人死纏著我要錢，實在太過分！」

他想的當然是島田。他認為島田是這種最惡質之輩的代表。

如今的自己，無論從哪方面來看，社會地位都比島田好，這是不爭的事實。但這絲毫無法滿足他的虛榮心，也是不爭的事實。以前直呼自己名諱的人，現在恭敬地和自己寒暄，但這對健三而言沒什麼好得意的。因為對方只是把自己當作索取零用錢的財源，這站在他自認是窮人的立場來看，只是更生氣。

為了慎重起見，他去詢問姊姊的意見。

「他到底窮困到什麼地步啊？」

「我也不清楚。不過他會三番兩次去跟你要錢，可能真的很困難吧。可是阿健，這樣一直給下去是個無底洞喔，不管你再怎麼會賺錢。」

「我看起來像很會賺錢的樣子嗎？」

「跟我老公相比，你怎麼樣都算比較會賺的吧？」

姊姊以自家的收入為標準。她說話依然饒舌，說到比田從未把月薪完整拿回家，還說他薪水那麼少居然還得花交際費，因為常值夜班光是便當錢也不是一筆小數目，每個月不足的部分勉強以年中與年底的獎金應付過去。鉅細靡遺說給健三聽。

「不過說到那個獎金，他也不是全數交給我。不過最近我們兩人都像退休老人一樣，每個月把伙食費交給阿彥，讓他打理我們的三餐，日子過得比以前輕鬆了點。」

姊姊夫妻和養子阿彥住在一起，但經濟上是分開的，例如他們有各自搗的麻糬，各自買的砂糖……之類的特別食物。若有客人來要請客，也是分別自掏腰包。健三以一種難以想像的眼光，看著這一家人極似個人主義的生活方式。但對不懂主義也不懂理論的姊姊來說，這是極其自然的事。

「你不用這麼做是再好不過的，況且你有本事，只要你願意賺，想賺多少就有多少。」

健三若默默聽她說下去，島田的事恐怕會被忘到九霄雲外。所幸姊姊最後補了一句：

「這樣吧，如果你嫌煩，就說改天有錢再給他，把他打發走就好了。如果他還是糾纏不休，你就假裝不在家，不用理他。」

這主意聽在健三耳裡，確實像姊姊的作風。

姊姊的話不得要領，於是健三轉向比田，問了同樣的問題。比田只說不要緊。

「畢竟他以前的土地和出租的房子都還在，應該沒有那麼窮困啦。再加上阿縫每個月都會寄錢給阿藤。他一定是跟你隨便說說的，別理他。」

比田說的也不脫「隨便說說」的範圍，只是隨便敷衍一下。

六十一

最後，健三去問妻子。

「現在島田的實際狀況，到底是怎樣啊？我問了姊姊也問了比田，他們都不知道真實情況。」

妻子無趣地看了丈夫一眼，痛苦地抱著即將臨盆的大肚子，披頭散髮枕著一只船底形紅漆枕頭。

「這麼在意的話，自己直接去查一查不就知道了？你姊姊現在也沒跟他來往了，不可能知道他的確切情況。」

「我可沒那個閒工夫。」

「那就先放著別管吧。」

妻子的語氣，帶著責備健三沒有男子氣概的意味。她生性不會隨便說出心裡的話，就連自己娘家與丈夫之間不愉快的關係，她也不太出言爭辯。對於和自己無關的島田，她更是經常裝作不知道。映在她心鏡裡的神經質丈夫，總是個沒有膽量的乖僻男人。

「放著別管？」

健三反問。妻子沒回答。

「我一直都放著沒管不是嗎？」

妻子依然不回答。健三臉色一沉，氣呼呼起身去書房。

不僅島田的事，兩人之間也經常上演這種情景。不過前因後果不同，有時也會出現相反的情況，例如——

「聽說阿縫得了脊髓病。」

「脊髓病很難治吧。」

「聽說治好的希望渺茫，所以島田很擔心。阿縫一旦死了，柴野和阿藤的關係也就斷了，以後說不定不會按月寄錢來了。」

「真可憐，居然罹患了脊髓病。她還很年輕吧？」

「我不是跟妳說過，她大我一歲。」

「有小孩嗎？」

「好像很多，我沒問究竟有幾個。」

妻子想像著，一個不到四十歲的女人，留下一群尚未成年的小孩即將離開人世，會是什麼樣的心情。不禁又擔心起自己即將臨盆的結果，也對男人看著大腹便便的妻子卻不那麼擔心的模樣，覺得無情又羨慕。而丈夫根本沒注意到這些。

「島田會那麼擔心，都怪他平常待人太壞了，處處惹人厭。島田的說法是，柴野那個人愛喝酒，動不動就跟人打架，永遠無法升官，所以沒辦法。可是問題不在這裡，一定是柴野受夠島田了。」

「就算不是受夠島田了，他有那麼多孩子要養也沒辦法吧。」

「就是啊。他是軍人，大概跟我一樣窮吧。」

「話說，他究竟為什麼會跟阿藤……」

妻子躊躇了一下，欲言又止。健三不解其意，妻子只好繼續說：

「他是怎麼跟阿藤好起來的？」

阿藤還是年輕寡婦時，有一次必須去管理所辦事，島田覺得一個女人家來那種地方很可憐，因此各方面熱心協助她，兩人的關係就這樣開始了。這是健三小時候聽到的。然而把戀愛的意味用在島田身上，如今健三也不知道適不適合。

「慾望肯定也幫了忙吧。」

妻子什麼也沒說。

六十二

健三得知阿縫遭受不治之症折磨，心也軟了下來。他與阿縫已多年不見，即使以前必須常常見面時，也幾乎沒有親切地交談過。無論就坐或離席，通常也只是彼此默默點頭。若把「交往」用在這種關係裡，兩人的交往極淡且輕。健三對她沒有強烈的好印象，也沒有任何不愉快的記憶。然而她喚醒了健三對人類逐漸變硬的慈愛心，也是使健三對人類漠然且散漫的認識變得相對清晰的一個代表人物。因此對現在的健三而言，她的存在遠比島田和阿常尊貴許多。他睜開了同情之眼，遠眺這個將死之人。

與此同時，他也在權衡一種利害得失。可能會發生的阿縫之死，一定會被狡猾的島田拿來當要錢的藉口。健三明確料到這一點，也想儘可能迴避。偏偏他不是會講求策略去迴避的人。

「到時候只能跟他撕破臉，別無他法。」

他下定決心硬碰硬，袖手以待島田的到來。不料島田還沒來，他的敵人阿常倒是突然來了。

他一如往常坐在書房，妻子忽然來說：「那個波多野的老太婆終於來了喔。」健三驚愕之餘，更是滿臉困惑。那態度看在妻子眼裡，活像猶豫不決的膽小鬼。

「你要見她嗎？」

妻子的語氣像在催促，要見就見，不見就拒絕，快點下決定。

「見，讓她進來！」

他的回答跟島田來的時候一樣。妻子便鬱悶地起身離開了。

健三來到客廳，看到一個圓滾滾的老太婆，穿著粗俗衣服坐在那裡。那樸素的風采與他想像的阿常迴然不同，遠比島田更讓他驚愕。

她的態度也與島田相反，彷如來到身分地位截然懸殊的人面前，十分恭敬地低頭行禮，說話的遣詞用字也極有禮貌。

健三憶起幼時常聽她說娘家的事。據她所言，她娘家鄉下的房子與庭院堪稱盡善盡美，豪華氣派。尤其地板下水流縱橫的特色，是她反覆強調的重點。至今健三仍記得阿常說過的一個詞「南天之柱」[34]。但年幼的健三完全不知道這棟豪華氣派的宅邸究竟在哪個鄉下，也不記得阿常帶他去過。就健三所知，阿常自己也沒回去過她出生的那棟大宅邸。當健三的洞悉力越來越強，能隱約看穿她的個性後，認為這也是出自她慣常的幻想吹牛。

以前阿常一心想讓健三認為她是富有、高尚，且善良的女人，如今坐在健三面前的卻是個畏畏縮縮的白髮老太婆。兩相對照之下，健三不禁感嘆時光帶來的變化有多麼不可思議。

阿常以前就是個肥胖的女人，現在的阿常依然肥胖，甚至令人懷疑現在的她反而更胖了。然而除了身形之外，她完全變了一個人，不管怎麼看都是個鄉下老太婆。說得誇張一點，像是背著一籮筐炒麵粉[35]，從附近鄉下進城的老太婆。

六十三

「啊，變了！」

照面的瞬間，雙方都有這種感覺。但特地來訪的阿常，對這種變化早有充分的預期與準備；健三則完全始料未及。因此主人比客人更感意外。儘管如此，健三也沒表現得相當驚訝。一方面是性情使然，再則是生怕阿常以慣用伎倆做出戲劇性的舉動。事到如今還要被迫觀看這個女人演戲，對健三是難以忍受的痛苦。因此他想防範未然，盡量不讓阿常有機會玩這一招。這是為了她好，也是為了自己。

健三聽她說完迄今的大致經歷。看來她似乎遭遇了不少人世間難免的不幸。與島田離婚後，她和再嫁的波多野沒有生小孩，因此領養了一個養女。然後不知是波多野死後幾年，或是還活著的時候，這一點阿常倒是沒說，只說這個養女後來招贅了。女婿是賣酒的，在東京相當熱鬧的地方開了一家酒鋪。雖不知他們生活過得如何，但阿常沒說難熬或貧窮這種洩氣話。

後來女婿被徵召去打仗戰死沙場，光靠女人無法撐起這間店，因此母女倆只好把店收了，靠一個住在近郊的親戚幫忙，搬到非常偏僻的地方住。直到養女再婚之前，都靠政府發給女婿的遺族撫卹金過活。

34 南天竺，觀賞用的常綠低木，能長得大到用來當房子的柱子極為稀少，若阿常此言屬實，她娘家的宅邸確實極其豪華。
35 類似台灣的麵茶粉。

阿常說起這段往事時，一反健三的預期，顯得頗為平靜。誇張的動作，浮誇的說辭，戲劇般的煽情台詞，都沒怎麼出現。儘管如此，健三依然覺得自己和這個老太婆沒話說。

「哦，這樣啊，真是辛苦了。」

健三只如此簡單回應。就一般的回應而言，這句話也太短了。但健三只回她這麼一句，而且不覺得有何不足。

「果然是有因果報應的啊。」

他雖然這麼想，但心裡也不好受。健三算是生性不愛哭的人，但時而也會想，為何我的面前沒有出現過，真正會讓我哭的人或讓我哭的情景呢？

「我的眼睛也是隨時可以湧出淚水的。」

他凝視坐在坐墊上的圓滾滾老太婆，對她動不動就流淚的個性感到悲哀。

於是他掏出錢包裡的五圓鈔票，擺在她前面。

「不好意思，請您用這個錢雇車回家吧。」

阿常說她不是為錢來，推辭了一番依然收下。遺憾的是，健三這份贈禮，只有疏遠的同情，沒有真心的成份。阿常似乎也心知肚明，那表情像在說，既然人與人的心，已在不知不覺中遠離了，事到如今也無法挽回，除了放棄別無他法。健三站在玄關，目送阿常的背影離去。

「如果這個可憐的老太婆是個好人，我可能會哭吧。即使哭不出來，也會做出更貼心的事吧。甚至把這位曾經扶養我，如今落得孤零零的養母，接回家裡養老送終，也是有可能吧。」

無人知曉健三暗自想著這些事。

六十四

「老太婆也終於來了啊。以前只有老頭子，這回兩個都來了。你以後就等著被他們折磨吧。」

妻子講話鮮少如此幸災樂禍。那搞不清在開玩笑或嘲弄的態度，刺激到沉浸在感慨中的健三，使他相當不悅，因此沒搭理她。

妻子又以同樣的調調問健三：

「她又提那件事了吧？」

「哪件事？」

「就是你小時候尿床，害她大傷腦筋的事啊。」

健三連苦笑都笑不出來。

其實他早已在心中納悶，為何阿常這次沒提那件事。阿常是喋喋不休的女人，健三聽到她來了，立即想到她那張能說善道的嘴，尤其維護自己的利益很有一套。健三的生父很容易被花言巧語矇騙，明知是奉承話也很愛聽，說起阿常總是不忘誇獎她。

「她是令人佩服的女人喔。至少她很會持家。」

島田家起風波時，阿常來找健三的生父訴苦，還流了不少悲傷與懊惱的淚水。父親深深被她感動，立即站在她那一邊。

以擅長說奉承話這一點來說，健三的生父也很喜歡他姊姊。每次姊姊來要錢，父親嘴上說「其實我自己也很拮据啊」，卻也從小型文卷盒拿出姊姊所需的錢給她。

「雖然比田是那種人，可是我很疼愛阿夏。」

姊姊走了以後，父親總是辯解般地說給旁人聽。

然而儘管姊姊能隨意籠絡父親，比起阿常還是差很多，裝模作樣的功夫更是望塵莫及。阿常那張嘴實在太厲害了，當時十六、七歲的健三，還一度懷疑，除了自己以外，與她接觸過的人究竟有幾個看穿她的個性。

與她見面時，健三覺得最難對付的就是她那張嘴。

「是我把你養大的喔！」

光是這句話，她可以詳述兩三個小時，逼健三重新複習幼時所受的養育之恩。健三想到就這一點畏縮。

「島田是你的敵人喔！」

她將殘留在自己腦海的這個老舊想法，如電影般加以誇飾，極盡所能在健三面前揭露。健三也很怕這一點。

無論說到哪一點，她都會夾帶淚水。健三看到她那裝飾性的淚水，總是難以忍受。她說話不像姊姊那樣大嗓門，但必要時也會大聲到令人生厭。落語家三遊亭圓朝的故事曾出現一個女人，拿著長火筷使勁猛戳地爐裡的灰，訴說著遭人欺騙的怨恨，弄得聽者不知所措，阿常的態度和語氣也如出一轍。

這回阿常的表現出乎健三預料，但他不覺慶幸，反倒認為不可思議，因為在他內心深處，阿常的個性已是一種牢不可破的鮮明形象。

妻子如此說明給他聽：

「那都快三十年前的事了，現在她多少會有些顧慮吧。況且一般人早就把這種事忘了。還有人的性情，經過這麼多年，總是會慢慢改變的。」

顧慮，忘卻，性情改變，健三將這些因素擺在前面思索，依舊難以釋懷。

「她不是那麼淡然的人。」

他真的無法接受，必須在內心這麼說。

六十五

沒和阿常相處過的妻子，反而訕笑丈夫固執。

「這是你的硬脾氣，沒辦法。」

平時映在她眼中的健三，有一部分確實如此。尤其與自己娘家的關係上，她認為丈夫這種壞毛病特別顯著。

「不是我固執，是那個女人固執。妳沒跟她相處過，不明白我的見解是正確的，才會說出這種顛倒是非的話。」

「可是現在來到你面前的她，確實已經變了一個人，和你認為的完全不同，所以你應該改變對她既有的看法吧？」

「如果她真的變了一個人，我隨時都能改變對她的看法，但事實並非如此。她改變的只是表面，內心還是老樣子。」

「你怎麼知道？你又沒有新的證據。」

「妳可能不知道，但我清楚得很！」

「你也太武斷了。」

「只要說得對，武斷有什麼關係。」

「可是萬一說錯了，會招來不少麻煩吧。那個老太婆跟我沒什麼關係，我是無所謂啦。」

健三明白妻子言下之意。但妻子沒再多說，只是在心裡為自己的父母兄弟辯護，不想和丈夫爭論下去。她不是擅於理智思辨的人。

「煩死了。」

只要議題稍微複雜起來，她一定說這句話來逃避問題，然後一直忍受問題沒有解決的煩躁。但這樣忍著對她也不是好事，而且看在健三眼裡更覺煩悶。

「妳就是固執啦！」

「你才是固執啦！」

兩人以同樣的話互罵，從彼此的態度也能明白彼此內心的芥蒂。而且兩人都不得不承認，對方罵得有理。

頑固的健三後來就不去妻子娘家了。妻子沒問他為何不去，也沒拜託他有時去走走看看，只是沉默著，依然在心裡反覆碎唸「煩死了」，絲毫不打算改變她的態度。

「我受夠了！」

「我也受夠了！」

兩人又在心裡重複同樣的話。

儘管如此，兩人的關係就如橡皮筋，有時還是會有一些彈性。當關係緊綳到可能會斷掉時，自然又會慢慢恢復原狀。良好的關係持續幾天後，妻子就會說出暖心的話。

「這是誰的孩子？」

妻子曾拉起健三的手，放在自己的肚子上，如此問他。那時妻子的肚子還沒現在這麼大，但她已能感受到自己胎內有生命的脈搏在跳動，也想讓有同情心的丈夫也感受這種輕微的跳動。

「吵架一定是雙方都有錯。」

她也曾如此說過。儘管健三頑固地認為自己沒什麼錯，但聽到這話也只能微笑以對。

「分隔兩地，再親也會變淡；同住一處，仇敵也能變親人。總之，人就是這麼回事吧。」

健三歪著頭，像是悟出了高深哲理。

六十六

除了阿常與島田的事，健三也常聽到兄姊的消息。

每年天氣轉冷，哥哥身體一定會出狀況，今年入秋又感冒了，向局裡請了一星期的假仍不見好轉，硬是抱病去上班，結果連著幾天高燒不退，苦不堪言。

「他不由得就勉強自己了。」健三如此對妻子說。

是要勉強自己延長月薪的壽命呢？還是為了養生而提前離職呢？哥哥似乎只能二選一。

「聽說是肋膜炎的樣子。」健三又說。

哥哥顯得憂心忡忡。他很怕死，比任何人都害怕肉體的消亡，卻也比任何人更快消瘦下來。

「他就不能安心多休息幾天嗎？至少等燒退了也好啊。」妻子說。

「他一定也很想啊，可是沒辦法啊。」

健三有時也會想，若哥哥死了，自己也只能在生活方面照顧一下他的家人。他知道想這種事有點殘酷，但也只能這麼想，同時也對自己擺脫不了這種想法感到不快，倍覺苦澀。

「他不會死吧？」

「不會啦。」

妻子沒多理他，光是自己的大肚子就難以應付了。和娘家有些交情的產婆，時而會大老遠坐車來看她。但健三完全不知道這個產婆來做什麼，又是做了什麼才離去。

「她是來幫妳揉肚子嗎？」

「也是啦。」

妻子沒好氣地回答。

後來哥哥的燒突然退了。

「聽說是祈禱的關係。」

妻子向來迷信，喜歡禱告、占卜、求神拜佛之類的事。

「是妳出的主意吧？」

「才不是呢，那是連我都不知道的一種奇妙禱告方式喔，居然要把剃髮刀放在頭上。」

健三不認為剃髮刀能褪去逐漸惡化的高燒。

「因為發燒是心理作用，所以很快退燒也是心理作用吧。即使不用剃髮刀，用勺子或鍋蓋也一樣吧。」

「可是吃了醫生開的藥遲遲不見好轉，有人勸他試試看，最後他終於試了，反正一定花了不少祈禱費吧。」

健三暗自認為哥哥太傻，但也同情他買不起足以退燒的藥物隱情，因此就算是剃髮刀也好，只要能讓他退燒便是萬幸。

哥哥痊癒後，緊接著姊姊又犯氣喘了。

「又來了啊。」

健三自言自語地說，忽地又想起比田不為妻子老毛病發愁的模樣。

「不過聽說這次比以前嚴重，搞不好撐不過去，所以你哥哥要我轉告你，請你去看看姊姊。」

妻子將哥哥的話轉達給健三，相當吃力地在榻榻米坐下。

「真是沒辦法，我只要稍微站一下，肚子就很難受。想伸手拿櫃子上的東西都搆不到呢。」

健三一臉詫異。他原以為逼近生產的孕婦應該要多活動，完全沒想到下腹部和腰部周圍會如此吃力，因此也喪失了強迫妻子活動的勇氣與自信。

「我實在沒辦法去看她。」

「妳當然不用去。我去就好了。」

六十七

近來健三回到家都覺得疲憊不堪。這份疲憊不僅是工作之故，因此使他更懶得出門了。他常睡午覺，甚至倚著桌子，將書攤在眼前時，也屢屢遭睡魔襲擊。赫然從小睡的夢中醒來，更讓他覺得必須把失去的時間補回來，就這樣難以離開書桌，彷如被綁住似的靜靜待在書房。他的良心命令他，無論再怎麼看不進去，無論進度再怎麼緩慢，也得乖乖坐在書桌前。

就這樣虛度了四、五天後，健三終於去津守坂看姊姊。原本以為可能撐不過去的姊姊，已經到了恢復期。

「這樣啊，那就好。」

他一如往常簡單問候，但內心不免狐疑。

「是啊，託你的福。——不過我再活下去也只是給別人添麻煩，一點用都沒有，還不如死了算了，偏偏我似乎命不該絕，這也無可奈何。」

姊姊希望健三明白她的言外之意。偏偏健三只默默地抽菸，沒有回應。這種細微之處也顯現出姊弟的不同個性。

「可是只要比田還在，不管我再怎麼病，再怎麼沒用，我都得為他活下去，不然他會很困擾。」

親戚們都說姊姊是「孝順丈夫」的人。可是比田太不在乎妻子的用心，因此健三看到姊姊這種態度，反而更加於心不忍。

「我天生就是吃苦的命，跟我老公正好相反。」

為丈夫著想，確實是姊姊的天性。然而就像比田有時蠻不講理淨說些任性話，姊姊不分青紅皂白的好意有時也只招來丈夫厭煩。而且她不會做針線活，以前無論學習識字或才藝，她也沒有一項學得會。嫁過來至今也沒給丈夫做過一件和服。儘管如此，她還是比別人強悍。健三依然記得小時候，姊姊因倔強受罰被關在倉庫裡，隔著鐵絲網門跟外面的母親理論：「我要尿尿！妳一定得放我出去！如果不放我出去，我就尿在倉庫裡！」那咆哮聲至今仍在健三耳際迴響。

健三想到這裡，覺得這個同父異母的姊姊性格看似與自己大相逕庭，其實也有些相似之處，不免也反省了起來。

「姊姊只不過直白坦率。要是我脫掉這層受過教育的外衣，其實也跟她差不多。」

健三向來過於相信教育的力量，如今也明確意識到，自己也有教育之力無可奈何的野生部分。基於這個事實，他忽然開始平等看待別人，也對向來輕蔑的姊姊感到有些過意不去。然而姊姊完全沒察覺到。

「阿住情況如何？快生了吧？」

「是啊，挺著一個大肚子很難受。」

「生孩子很痛苦啊，這個我也體會過。」

姊姊有段很長的時間被認為無法生育，婚後不曉得過了幾年才產下一名男嬰。由於是高齡產婦，又是頭胎，她自己和周遭的人都很擔心，雖然沒多大風險就把小孩生下來了，但不久小孩也夭折了。

「千萬不可大意，要小心啊。——要是我那個孩子還在，現在多少也能有個依靠。」

六十八

姊姊這番話除了在思念早夭的親生兒子，也帶著對現在的養子不滿之意。

「要是阿彥能再可靠一點就好了。」

她常如此向旁人流露這種想法。雖然阿彥不如她預期的那麼能幹，至少是極其穩重的老實人。儘管健三聽過他一早就開始喝酒的傳聞，但畢竟健三與他交往不深，也不知他究竟還有什麼缺點。

「要是他能多給我一點錢就好了。」

阿彥的收入當然無法讓養父母過得寬裕舒適。但比田和姊姊想到當初扶養阿彥的情形，如今也沒什麼道理奢求。他們並沒有送阿彥去上學，因此儘管微薄，阿彥現在能拿到這份月薪，對養父母而言已堪稱僥倖。健三面對姊姊這種不滿的心聲，不便反駁什麼，對於夭折的孩子，事到如今也無法萌生同情。他沒見過那孩子，也不知道死時的情況，甚至連名字都忘了。

「那孩子叫什麼來著？」

「作太郎。那裡有他的牌位喔。」

姊姊指向飯廳牆上鑿出的小佛壇給健三看。那昏暗微髒的佛壇裡，供著五、六個祖先牌位。

「是那個最小的嗎？」

「是啊，他還是嬰孩嘛，故意做小一點。」

健三連起身去看法號的意願都沒有，依然坐著，從遠處眺望那寫著金字的漆黑小牌位。

他臉上漠無表情，甚至沒有聯想到自己的二女兒罹患痢疾差點喪命時，自己有多麼擔心痛苦。

「姊姊也隨時可能變成那樣喔，阿健。」

她的視線從佛壇轉向健三。健三刻意避開她的視線。

姊姊這種嘴上說得沮喪，內心根本不認為自己會死的牢騷話，又與一般老人有些不同。

她給人的感覺是，就如慢性病會一直持續下去，慢性的壽命也會持續下去吧。

對此，她的潔癖幫上了很大的忙。無論喘得多難受，也不管別人如何勸告，她絕不在屋裡便溺，就算爬也要爬去廁所。此外她還有從小養成的習慣，早上一定光著上半身漱洗，任憑刮寒風下冷雨也從不間斷。

「別說這種喪氣話，盡量好好養生吧。」

「我有在養生喔。你給我的零用錢，我都儘可能拿去買牛奶喝。」

就像鄉下人吃米飯一樣，她把喝牛奶說得像是一切養生之道。健三也意識到自己的健康一天比一天差，因此勸姊姊養生時，內心也隱隱知道這絕非「事不關己」。

「我最近身體也不太好，說不定會比妳更早變成牌位喔。」

這話聽在姊姊耳裡，是毫無根據的笑話。但健三也早就料到了，故意笑了笑。然而他確實知道自己的健康每況愈下卻無能為力，處在這樣的境遇裡，比起姊姊，他反而更同情自己。

「我這是無人知曉的慢性自殺，不會有人同情我。」

他如此暗忖，面帶微笑看著姊姊凹陷的雙眼、消瘦的臉頰與乾癟纖瘦的手。

六十九

姊姊是很注意枝微末節的人，一些芝麻小事都會引起她的好奇心，儘管個性有過於憨直的一面，卻又有個怪毛病，喜歡拐彎抹角。

健三剛回國時，她向健三述說了一堆家裡悲慘的生活狀況，希望能獲得健三同情，最後還託哥哥去跟健三說，希望健三每個月能給她些許零用錢。於是健三決定拿出與自己身分相符的錢，透過哥哥轉交給姊姊。接著姊姊立即來信，信中寫道：「據哥哥說，你每個月會給我一點零用錢，實際上究竟有多少，能不能瞞著哥哥先跟我說一下？」顯然，姊姊不相信每個月充當居中轉交零用錢角色的哥哥。

健三很生氣，覺得豈有此理，無法接受這種卑鄙下流的行徑，很想大聲怒斥姊姊：「給我閉嘴！」他回給姊姊的信，只有一張明信片，卻已充分表達他這種心情。之後姊姊就沒有再來信了。她不識字，最初那封信也是請人代筆的。

這件事使姊姊對健三的態度客氣多了。她原本什麼事都想打聽一下，後來關於健三的家庭，除了不得罪人的事，她都很少過問。健三也從不把自家夫妻間的關係當作問題來跟她談。

「阿住近況如何？」

「還是老樣子。」

對話通常就這樣結束了。

姊姊間接得知妻子生病，她的問候除了好奇心，也有出於關懷的擔心。但這種擔心對健三起不了作用。因此在她眼裡，健三只是個難以親近的冷淡怪人。

健三帶著落寞的心情離開姊姊家後，信步一直往北走，來到一處從沒見過，宛如新開闢有點髒亂的地方。出生東京的他，完全能辨認自己身在何方，可是這裡已無任何能勾起他回憶的東西。過去的紀念已全數從他眼前消失，走在這片土地上，他深感不可思議。

他想起昔日綠油油的稻田，與穿過稻田間的筆直小徑。稻田的盡頭有兩三間茅草屋，他曾看過一名男子摘下斗笠，坐在長凳上吃涼粉。再往前有一間如原野般的大型造紙廠。拐彎走過造紙廠，往鎮上走，會看一條小河，河上架著橋。小河的兩岸堆著高高的石牆，由上往下看，水流顯得很遠。緊臨橋邊有間古雅澡堂掛的暖簾，以及隔壁蔬果店外擺的南瓜，都讓幼時的健三聯想到歌川廣重的浮世繪風景畫。

然而如今，這一切如夢幻般全數消失了。剩下的只有大地。

「什麼時候變成這樣的呢？」

健三向來只關注人的變化，此刻面對更為劇烈的地景變化，不禁心頭一驚。

驀地，他憶起兒時和比田下棋的事。比田有個毛病，只要往棋盤前一坐，一定會說：「我可是所澤的藤吉的弟子喔。」[36]現在的比田也是，若把棋盤往他前面一擺，他一定會說相同的話。

「我自己究竟會變成怎樣呢？」

只會衰老卻不會變的人的模樣，以及雖然會變卻日漸繁榮的郊區模樣。當健三面對這兩種意外的對照時，不得不細細思量。

36 雖然「藤」有差，指的應是埼玉縣所澤市的棋士大矢東吉，從明治維新前就活躍於棋壇，最高段位八段。

七十

健三無精打采地回家後，立即引起妻子注意。

「病人的情況如何？」

她彷彿想從健三口中明確聽到，所有人最後都必須抵達的命運。健三回答前就先意識到一種矛盾。

「已經沒事了。雖然還躺在床上，但不是什麼病危。感覺好像被哥哥騙了。」

他語氣帶著幾分自己太蠢的意思。

「被騙說不定反而比較好啊，萬一有個三長兩短，那才是……」

「這也不能怪哥哥，哥哥是被姊姊騙了。然後姊姊又被自己的病騙了。總之，這世上所有的人都被騙了。最聰明的說不定是比田，不管妻子再怎麼病，他都不會受騙。」

「他還是不常在家嗎？」

「他怎麼會在家呢？不過姊姊病得很嚴重的時候就很難說了。」

健三想起比田掛在胸前的金懷錶與金鏈子。哥哥曾私下批評那是天麩羅[37]吧，但比田一直將之當作真金來炫耀。然而不管鍍金或真金，沒人知道他花了多少錢在哪兒買的。關於這一點，生性無法不在意的姊姊，也只能大致猜測。

「一定是分期付款買的啦。」

「也有可能是當鋪的流當品。」

又沒人問她，她卻自顧自向哥哥解釋起來。對健三幾乎不成問題的事，在他們之間卻引發種種猜想。眾人越是揣測，比田也愈發得意。健三每個月給姊姊的零用錢也常被比田借走，究竟有多少錢落入丈夫手裡，現在他手上又有多少錢，姊姊始終無法弄清楚。

「最近他手裡好像有兩三張債券的樣子。」

姊姊說得像在猜測鄰居的財產，和丈夫很疏遠。

健三難以理解，比田竟能毫不在乎讓姊姊立於這種處境。而姊姊似乎明白這是逼不得已的夫妻關係，也一直忍耐，健三對此也難以理解。然而比田在金錢上是徹底保密主義者，有

37 天麩羅裹著麵衣，意指這些東西可能是鍍金的。

時卻也出乎意料地買東西或衣服給姊姊，讓姊姊倍感驚喜，這種意圖更超乎健三想像。是丈夫發現了自己對妻子的虛榮心？抑或儘管焦慮也要讓妻子認為自己很厲害，對此感到滿足？但光憑這兩點都難以充分說明。

「需要錢的時候找別人，生病的時候也找別人，這樣簡直只是住在一起嘛。」

健三心中的謎不易解開。不喜歡費神思考的妻子也不予置評。

「不過我們夫妻的關係，看在世人眼裡也很奇怪，所以也沒資格別對別人的事說三道四。」

「果然都是一樣的，大家都認為只要自己好就好。」

健三的脾氣又來了。

「妳也認為只要自己好就好嗎？」

「當然呀。就像你認為只要自己好就好。」

他們的口角經常起於這種地方。兩人好不容易平靜下來的心又被攪亂了。健三將責任歸咎於妻子說話不謹慎。妻子則認為是丈夫乖僻頑固所致。

「雖然姊姊不識字也不會裁縫，但我還是喜歡姊姊那種『孝順丈夫』的女人。」

「現在哪還有這種女人！」
妻子話裡帶著極大反感，認為男人是最自私的。

七十一

妻子雖然沒有理性聰慧的大腦，卻意外的有新穎之處。她不是出生在只拘泥形式，受舊式倫理觀念束縛的古板家庭。父親當過政治家，在教育子女方面幾乎沒有成見；母親也不像一般婦女那樣嚴格管教小孩。因此她在家能呼吸到比較自由的空氣，而且只念到小學畢業。她不喜歡費神思考，但若認真思考，得出的結果常帶著一種野性。

「只因丈夫這個頭銜，就逼我必須尊敬這個人，這我辦不到。若想得到我的尊敬，就要在我面前拿出值得我尊敬的品格來，縱使沒有丈夫這個頭銜也無所謂。」

說來奇怪，健三雖然是做學問的，這方面的思想卻很保守。他很想實踐人必須為自己而活的主張，卻又一開始就肆無忌憚認為妻子應該只為丈夫存在。

「就所有的層面來看，妻子都應該從屬於丈夫。」

兩人衝突的最大根源就在這裡。

健三只要看到妻子主張自己是獨立於丈夫之外的人，便心生不悅，動不動就在心裡碎唸「區區一個女人，好大的口氣」，若嚴重點他會赫然脫口：「妳在狂妄什麼！」而妻子隨時都準備以「女人又怎樣」嗆回去。

「女人又怎樣？女人就可以任人踐踏嗎？」

健三有時能在妻子的表情清楚看出這個意思。

「我不是因為妳是女人而瞧不起妳，是因為妳愚蠢而瞧不起妳。想要受人尊敬，就要有受人尊敬的品格。」

不知不覺中，健三的理論變成妻子用來對付他的那一套。

兩人就這樣沒完沒了繞圈子，且不覺疲累。

健三有時會忽然在圈子上停下來。他停下時，不外乎是當激動的情緒平靜時。妻子也會突然不繞圈子。然而她不繞圈子時，只限於她想開時。這時健三終於收起怒氣，妻子也才又開口。兩人攜手說笑，但也並非離開了這個迴圈。

妻子產前十天左右，岳父忽然來找健三。健三剛好不在家，等到傍晚回家後，聽妻子說起而深感納悶。

「他來有什麼事嗎？」

「嗯，說是有點事要找你談。」

「什麼事？」

妻子沒回答。

「妳不知道嗎？」

「不知道。他說過兩天會再來找你，就回去了。下次來的時候你直接問他吧。」

健三無法再多說什麼。

岳父很久沒有來找健三了，無論有沒有要事，健三做夢都沒想到岳父會特地前來。這個疑惑使平常寡言的他，話多了起來。而妻子正好相反，話反而變少了。但這與他平常看到妻子基於不滿或厭惡的寡言不同。

不知不覺中，夜晚已完全是寒冬了。健三凝望微弱的燈火，火光紋風不動，只聽得見強風拍打防雨窗的聲音。在這樹木呼嘯的夜裡，夫妻隔著靜謐的煤油燈，默默坐了片刻。

七十二

「今天我爸來的時候，沒穿外套顯得很冷，我把你那件舊外套拿給他了。」

那是以前在鄉下西服店做的斗篷外套，已經舊到幾乎從健三的記憶裡消失了。健三無法理解，妻子為何要把這種東西給她父親。

「那種髒兮兮的東西。」

比起不解，健三更覺難為情。

「不會喔，我爸很開心地穿走了。」

「他沒有外套嗎？」

「豈止沒有外套，他已經一無所有了。」

健三大吃一驚。妻子的臉在微弱燈光映照下，突然顯得很可憐。

「他窮困到這種地步啊？」

「是啊。說是已經毫無辦法了。」

話向來不多的妻子，一直沒有向丈夫詳述自己娘家的情況。儘管健三也隱隱知道岳父離職後過得不太好，但萬萬沒想到淪落到這種地步，不禁赫然憶起他昔日的風光。

健三腦海鮮明浮現出，岳父穿著大禮服、戴著大禮帽、威風凜凜步出官邸石門的派頭。玄關的地板以硬木拼成「久」字，光澤亮麗，健三走不慣有時還會滑倒。會客廳前有一片寬闊的草坪，進入會客廳往左轉有個長方形餐廳。健三依然記得，婚前曾與妻子的家人在此共進晚餐。二樓鋪有榻榻米。他也記得大年初一的寒冷夜晚，他受邀去玩和歌紙牌，就在二樓一間溫暖的房間裡，整夜笑聲不斷。

這棟官邸的洋樓緊連一棟日式建築，除了家人還住著五名女傭與兩名書生[38]。基於職務關係，家中出入的客人很多，因此需要用到傭人。倘若經濟上不許可，也無法滿足這種需求。

健三歸國時，岳父家看起來沒那麼拮据。他在駒辻的後街定居時，岳父來探望曾如此對他說：

「人一定要有自己的房子，但這種事也急不得，可以往後緩，只要努力存錢就好。手邊

38 書生指學生，即寄宿別人家中一邊協助處理家務一邊求學的青年。

若沒有個兩三千圓，萬一有什麼急用就麻煩了。哪怕有個一千圓也好，先存在我這裡，保證一年後翻倍給你。」

不懂理財之道的健三，當時覺得很納悶。

「為什麼一年後，一千圓會變成兩千圓？」

他的腦袋不足以解答這個疑問。無法脫離利慾的他，只能滿心驚愕，望著唯獨岳父才有，自己卻完全欠缺的一種神奇力量。但即使一千圓，自己也不知何時才能存到，因此他也沒問岳父這生財之道究竟是怎麼回事，就這樣一直到了今天。

「再怎麼說也不至於窮成這樣吧？」

「事實如此也沒辦法，一切都是命啊。」

妻子生產在即，忍著身體上的痛苦，連呼吸都很費力。健三默默望著她令人心疼的肚子與黯淡的臉龐。

以前在鄉下結婚時，岳父不曉得打從哪裡買來五、六把浮世繪美人畫的劣質團扇，健三拿起一把轉啊轉打量說：「真是俗氣的東西。」岳父立即回道：「跟這個地方很搭吧。」如今健三把在那個俗氣地方做的外套送給岳父，卻難以說出「這外套跟您很搭吧」。畢竟再怎麼窮困，讓岳父穿那種東西都於心不忍。

「他竟然願意穿啊。」

「雖然看起來寒酸，總比受凍好吧。」

妻子落寞地淺淺一笑

七十三

隔了一天，健三久違地見到了岳父。

無論以年紀或經歷來說，岳父都遠比健三通曉人情，對自己的女婿總是以禮相待，有時會客氣到不自然的程度。但這並不代表他的全部，背地裡也潛伏著相反的東西。

看在他那官僚式的眼裡，健三的態度打從一開始就相當厚顏無恥，甚至認為健三沒教養地想越級登上絕不能超過的階梯。此外，他也不喜歡健三過於自以為是的傲慢態度，不欣賞健三口無遮攔且不以為意的沒規矩做法。除了恣意妄為之外，健三那毫無可取的頑固脾氣也是他指責的標靶。

他認為健三連形式上的規矩都不懂卻一味地想親近他，他以表面上的客氣態度加以掩飾，其實內心鄙視健三的稚氣。也因此，兩人的關係一直停滯不前，彼此保持著一定距離，只看到對方的缺點，難以清楚看到對方的優點。如此一來，兩人當然也都無法察覺自己大部分的缺點。

然而現在的岳父，對健三而言無疑是一時的弱者。討厭向人低頭的健三，看到岳父因窮困而逼不得已來到自己面前，不禁立即想像若自己處於相同境遇的情況。

「那一定很痛苦吧。」

健三秉持著這個心念，側耳傾聽岳父提出的籌錢辦法。但他無法擺出好臉色，內心也怪自己無法擺出好臉色。

「我不是因為錢的事，所以無法擺出好臉色。而是因為與金錢無關的事，而無法擺出好臉色。請您不要誤會。我不是會趁機報復的卑劣小人。」

健三很想在岳父面前如此出言辯解，偏偏又說不出口，只能冒上被誤解的風險。

比起生硬冷淡的健三，岳父顯得相當沉著，且客氣有禮。看在旁人眼裡，遠比健三更具紳士風度。

此時，岳父提起一個人的名字。

「他說他認識你，你也認識他吧？」

「認識。」

那是健三以前在學時認識的一名男子，但彼此沒有深交。健三只聽說，那名男子畢業後去了德國，回國後突然換了工作，到一家大銀行上班，除此之外健三對他一無所知。

「他還在銀行上班嗎？」

岳父點頭。然而健三難以想像，他們兩人是在哪裡怎麼認識的，也不便詳問岳父，反正問了也沒用。問題在於那個人願不願意借錢給岳父。

「他說，他可以借錢給我，可是需要可靠的人當保人。」

「原來如此。」

「我就問他，那要找誰當保人呢？他特別指名你，說你若願意當保人，他就可以把錢借給我。」

健三毫不遲疑地認為自己是可靠之人，但他認為對方也應該知道自己的職業性質，而且沒有財力。況且岳父人面很廣，平時他提到的熟人中，不乏社會信用度比自己更好的知名人士。

「為什麼有必要找我當保人？」

「因為他說你願意當保人的話，他就借我。」

健三陷入沉思。

七十四

迄今，健三從未當過別人的借款保證人。儘管他再怎麼愚昧也不時聽到，有些人礙於人情，出面替人作保，縱使有一身本事，最後也落得沉淪在社會底層，再怎麼掙扎也翻不了身。可以的話，他想盡量避開這種會影響自己前途的事。但生性頑固的他也有懦弱的一面，使他猶豫不決了起來。這種時候，若斷然拒絕當保人，他覺得過於冷酷無情，於心不安。

「一定非我不可嗎？」

「他說只要你願意當保人就可以。」

健三問了兩次同樣的話，卻也得到兩次同樣的回答。

「這實在太奇怪了。」

其實岳父拜託過很多人，但沒人願意答應，最後逼不得已才來找健三。偏偏健三不諳世事，連這麼明顯的事也看不出來。那位不曾深交的銀行家竟如此信任他，反而讓他感到害怕。

「不曉得自己會落得什麼下場啊。」

他非常擔心自己未來的安全。但同時，以他的個性又無法單純以這點利害關係來處理問題。他不斷來回思索，直到大腦向他提出適當的解決方法。縱使最後解決方法出現了，他依然費了很大努力才敢對岳父說。

「當保人是很危險的事，我不想做。不過，我會盡量幫您籌錢。只是我沒有積蓄，說籌錢當然也只能向別人借。我儘可能不想借那種需要寫借據簽名蓋章的錢，我想在我狹小的交友圈裡，籌措比較安全穩當的錢，這樣我感覺會好一點。當然，我一定籌不到您需要的金額。不過既然是我去借的，當然由我來還，這是理所當然的事，所以我不可能去借我還不了的錢。」

岳父處境艱難，無論能借多少都算幫了忙，也就沒再為難健三。

「那就拜託你了。」

然後他裹著健三那件老舊外套，在冷冽的寒冬下走回家。健三在書房談完事情，去門口送走岳父後，沒有多看妻子一眼，逕自又回去書房了。妻子在門口送走父親時，也只在脫鞋處與丈夫並立，後來也沒有再進書房。籌錢的事，兩人都默默放在心裡，沒有成為彼此的話題。

但健三內心已背負了責任重擔。為了籌錢，他必須外出奔波，再度來到當初安家時，陪他一起上街買火盆和菸草盆[39]的朋友家。

「能不能借我一點錢？」

健三直接了當地問。沒錢的朋友一臉錯愕看著健三。於是健三把手伸到火盆上取暖，向朋友說明了情況。

「怎麼樣？」

這位朋友曾在中國的某所學校教過三年書，存了一點錢，但都拿去買電鐵公司的股票了。

「那你能不能幫我去拜託清水看看？」

清水是朋友的妹婿，在下町相當繁榮的地方，開了一家醫院。

「這個嘛……他應該有這個錢，能不能借就不知道了。我去幫你問問看吧。」

所幸朋友的好意沒有徒勞。健三將借到的四百圓，交到岳父手裡，是四、五天後的事。

七十五

「我已經盡力了。」

健三總算安心下來，因此沒怎麼去想自己籌來這筆錢的價值。他沒去想岳父會很高興吧，也沒去想這點錢能幫上什麼忙。至於錢會被花在哪裡，他也一無所知，岳父來時並沒有把內情說得那麼清楚。

若想藉此機會消弭兩人長久以來的隔閡，未免過於薄弱，更何況兩人的個性都過於固執。岳父在待人處事上，虛榮心比健三強很多。比起努力讓別人瞭解他，他的個性更注重將

39 吸菸套盒，裡面有點火盆、煙管、菸灰碟等吸菸必備物品。

自己的價值儘可能攤在陽光下，因此對於圍繞著他的妻小近親，他的態度總帶著幾分誇大。

當他的境遇急轉直下，他也不得不回顧自己的生平。但為了掩飾，他在健三面前盡量裝得若無其事，直到無法再裝下去，才來求健三作保。但他究竟背負了多少債務，又被債務壓得多痛苦，這些詳情都沒告訴健三。健三也沒問。

兩人就這樣保持以往的距離，互相伸出了手。一個人遞出了錢，一個人收下了錢，隨即又把自己的手收回去。妻子在一旁默默看著這一幕，什麼話也沒說。

健三剛回國時，兩人的距離必定沒有如此疏遠。健三安置新家不久後，聽妻子說岳父參與礦山事業而大吃一驚。

「要去挖山？」

「是啊，說要開什麼新公司的。」

健三蹙眉，但對岳父的神奇能力抱有幾分信心。

「做得起來嗎？」

「我也不曉得。」

當時健三與妻子只這樣簡單聊了兩句，後來從妻子那裡得知，岳父真的為此去了北方某個城市。一週後，岳母突然來找健三，說岳父在外地冷不防病了，得去照顧他，問健三能不能給她一點旅費。

「好的好的，旅費這種小事沒問題，您趕快去吧。」

健三由衷同情躺在旅館受苦的人，與即將要在火車上受凍的人，甚至想像未曾見過的遙遠天空下的孤單寂寥情景。

「畢竟只來了電報，還不知道詳細情況。」

「那您一定更擔心吧，還是快去看看吧。」

所幸岳父病得不重，可是想著手開發的礦山事業卻泡湯了。

「還沒找到工作嗎？」

「有是有，只是後續發展不太順利。」

這回妻子跟健三說，父親要出馬競選某大都市的市長，有位財力雄厚的老朋友要提供他競選經費。可是後來該市幾位有志之士一起來東京，拜會了某位知名政治家，問岳父是否為適合人選，這位同時也是名伯爵的政治家說不適合，因此這件事也泡湯了。

「真是傷腦筋啊。」

「總是會有辦法的。」

妻子遠比健三更相信自己的父親。健三也知道岳父有神奇力量。

「我只是同情才這麼說。」

健三此言不虛。

七十六

但岳父再來探望健三時，兩人的關係已經產生了變化。曾經積極為岳母提供旅費的女婿，不得不後退一步，站在較遠的距離看岳父。但他的眼神既非冷淡也非不在乎，而是烏黑的瞳孔閃出反感的閃電。他極力想掩蓋這銳利的閃電，不得已才以冷淡不在乎來假裝。

岳父陷入悲慘處境，態度卻謙和有禮。這兩種截然不同的情況都給健三帶來莫大壓力。他無法積極頂撞，只能控制自己的情緒。他不得不忍耐，頂多只能以怠慢冷淡來面對。對方的困苦現狀與殷勤態度，反而成為他流露真性情的障礙。以健三來看，岳父這麼做等於是來折磨他。但就岳父而言，即使對待一般人都不該如此離譜，而自己的女婿竟如此對待自己，荒謬到難以忍受。不知內情的旁觀者看到這一幕，想必也會認為健三太過分。連知道內情的妻子，也不認為健三是明智之人。

「這次我真的不知道怎麼辦。」

岳父起初這麼說，但健三沒給他滿意的回答。

於是岳父提起財經界某位知名人士的名字。此人是銀行家，也是企業家。

「其實我透過朋友的斡旋見到了他，談得相當順利喔。日本除了三井和三菱，就數他的公司最厲害，當他的員工也不損我的體面，而且工作的區域也很廣，所以我覺得能在那裡做得很開心。」

這位富豪允諾給岳父的職位是，關西某私營鐵道公司的社長。他持有這家公司大部分的股票，所以有特權照自己的意思挑選社長。但岳父必須先有這家公司的幾十股或幾百股股票，才能獲得任用資格。這筆錢他要怎麼籌呢？不知內情的健三深感不解。

「我請他暫時把需要的股票數，轉到我的名下。」

健三對岳父此言存疑，但也沒看不起他的才能。站在能讓他和他的家人擺脫目前困境的層面來看，健三當然希望這件事能順利成功，但他依然不會改變自己原有的立場。他只是形式上敷衍著，甚至故意讓內心軟弱的部分堅硬起來。老朽的岳父似乎沒察覺到這一點。

「可是麻煩的是，這件事無法現在就有結果，還要等待時機。」

岳父從懷裡掏出一張像聘書的東西給健三看。上面寫著保險公司聘請他當顧問，每個月支付一百圓給他作為報酬。

「如果鐵道公司的事順利成功了，我要辭掉保險公司的顧問嗎？或是兩邊都做呢？我現在還拿不定主意。不過就算只有一百圓，也能暫緩我的燃眉之急。」

以前他因內閣變動而辭職時，當局曾說若他願意轉任去山陰道[40]的某地當地方知事，可以派他去。但他斷然拒絕。如今從一家不怎麼樣的保險公司領到一百圓月薪，他卻沒擺出臭臉，想必境遇的變遷也影響了他的個性。

岳父這種沒有隔閡的態度，動不動就想把健三的原有立場往前推。但健三只要意識到這種傾向，隨即又往後退。他這種自然的舉動，在倫理上被認為是不自然的。

七十七

岳父以前是事務官，動不動就以工作本位的立場來評價一個人。乃木將軍[41]當過台灣總督不久就辭職了，當時岳父對健三說：

「以一個人來說，乃木將軍是個重情重義偉大的人，但乃木將軍當總督是否真的適任就有待商榷，我認為還有很大的討論餘地。個人的品德或許能造福自己周圍親近的人，但要給遠方的黎民百姓帶來福澤，光靠個人品德是不夠的。這裡還要靠手腕。若沒有手腕，無論怎樣的大善人，也只能乾坐在那裡。」

岳父在職期間，因為工作關係曾管理某會的一切事務。該會的會長是位侯爵，在岳父的努力下，完美地實踐該會的成立初衷後，最後還有兩萬圓的盈餘託他管理。與仕途絕緣後，

40 現在的近畿、中國地方的日本海側。

41 乃木希典（一八四九—一九四二），明治時代的陸軍軍人，曾任台灣第三任總督，明治天皇駕崩後，與妻子一起殉死，這個事件也出現在夏目漱石的作品《心》中。

不如意的事接踵而來，他終於動了這筆委託金，而且不知不覺全部花光了。為了維持自己的信用，他沒將此事告訴任何人，但又不得不設法籌錢，填補這筆錢每個月生出的近百圓利息，以保住自己的顏面。比起家裡的生計，這筆錢更讓他頭痛。這一百圓對他維持官場生涯是絕對必要的，能從每個月從保險公司拿到這筆錢，想必他當時一定很高興。

這件事是很久以後，健三從妻子那裡聽來的，他從而對岳父萌生了新的同情，不再認為岳父是不道德的人而討厭他，也不再認為和這種人的女兒結為夫妻是丟臉的事。但這一點，他幾乎沒向妻子說。倒是妻子有時會這樣對他說：

「我的丈夫，是怎麼樣的人都無所謂，只要對我好就好。」

「小偷也無所謂嗎？」

「對啊，小偷也無所謂，詐欺師也無所謂。只要能疼愛老婆，這樣就夠了。男人再偉大，再了不起，如果在家對老婆不好有什麼用。」

妻子確實就是這種女人，健三也同意她的看法。只是他的推測如月暈般，超出了妻子的言下之意，總覺得妻子這番話是在責備自己只顧埋首做學問。此外健三還有一種更強的感受，覺得不懂丈夫心思的妻子，其實是以這種態度在為自己的父親辯護。

「我不是會為這種事就不管別人死活的人。」

健三不想對妻子解釋自己，但不忘在心裡反覆如此辯駁。

而且他依然認為，自己與岳父之間出現自然的鴻溝，是岳父過度使用手腕所致。

健三過年沒去岳父家拜年，只寄了一張新年賀卡。岳父難以原諒，但表面上也沒責怪他。他讓十二、三歲的么兒，以歪歪扭扭的字同樣寫了恭賀新年，並以么兒的名字，回了一張賀卡給健三。他善於用這種以其人之道還治其人之身的手腕，但對健三為何沒來拜年，沒親口向他這個岳父拜年的原因，絲毫不作反省。

一事通萬事，利生利，子生子。兩人的關係越來越疏遠。健三認為，不得已的犯罪與明知故犯的過失，有著極大區別，因此非常討厭岳父那種不懷好意的從容鎮定。

七十八

「是個好對付的人。」

健三也知道自己實際上是個好對付的人，可是被別人這樣看，他就怒火中燒。他對不計較他發脾氣的人，很快就能產生好感。他有一種洞察力，能在人群中立刻看出這種人。但自己無論如何就是無法達到這種境界。也因此他愈發注意這種人，也格外尊敬這種人。

同時他也罵自己。但害他罵自己的人，他罵得更兇。他與岳父之間的鴻溝，就這樣自然形成了。妻子對他的態度，無疑也暗中助長了這種態勢。

兩人的關係越來越緊繃，妻子的心也就逐漸偏向娘家。娘家基於同情，也暗地為妻子撐腰。然而在某些情況下，娘家為妻子撐腰也意味著與健三為敵。兩人的關係也就越來越疏遠。

所幸，老天爺給了妻子「歇斯底里」這種緩和劑。每當兩人關係緊繃，妻子的歇斯底里就會發作。妻子常倒在通往廁所的走廊上，健三會將她抱回床上。或是深夜看到她獨自蹲在開了一扇擋雨窗的簷廊邊，健三也曾以雙手撐著她的背，將她帶回寢室。

唯有此時，妻子的意識總是朦朧恍惚，比做夢更難以分辨。瞳孔睜得很大，外界如幻影般映在她眼中。

健三坐在枕邊凝望她的臉，眼中不時閃現不安，時而心疼妻子的念頭會打敗一切。他會以梳子梳理可憐妻子的亂髮，也會以手巾擦拭妻子額頭的汗珠。有時為了讓妻子清醒些，他甚至會朝她臉上噴水霧，嘴對嘴餵妻子喝水。

以前妻子發作的情況更嚴重，健三依然記憶深刻。

有一陣子，晚上睡覺時，他會以細繩將自己和妻子的腰帶綁在一起。繩長約四尺，這個長度是考慮到便於翻身。這樣的用心，妻子也沒反對，兩人就連著幾晚這樣綁著睡。

妻子發作時，身體經常會往後仰。因此有一陣子，健三使勁用碗底壓著她胸口，想藉此壓制她往後仰的魔力，總是弄得冷汗直流。

有一次，他甚至聽到妻子說出駭人的話。

「老天爺來了。駕著五彩祥雲來了。慘了啊，老公。」

「我的寶寶死了。我死了的寶寶來了，我非去看看不可。不是在那裡嗎？在水井裡。我去看一下就回來，你放開我！」

流產後不久，她一邊甩開健三緊抱她的手，一邊如此說著想要起身。

妻子的發作，對健三是極大的不安。但通常這份不安的上方，飄著更大片的慈愛之雲。

比起擔心，他更心疼妻子。於是他在孱弱可憐之人面前低頭，盡量討她歡心。妻子也露出喜悅之色。

因此，只要健三不懷疑妻子發作是故意的，也不因太過氣憤而不理她，而且妻子發作的次數也不妨礙他自然萌生的同情，使他抱怨妻子何苦如此折磨他，妻子的病作為兩人和好的方法，對健三是必要的。

遺憾的是，岳父與健三之間沒有這種寶貴的緩和劑。因此這兩個由書本堆出來的人之間的鴻溝，縱使夫妻關係恢復正常後，妻子連一寸也難以填補。這是不可思議的現象，也是毋庸置疑的事實。

七十九

健三討厭不合理的事，為此心煩不已，但也不會提出解決之道。他的個性有賭氣易怒的一面，也有認真專注的一面，但同時也有相當消極的傾向。

「我沒有那種義務。」

他自問自答有了答案後，便相信這個答案是根本所在。他決心永遠活在不愉快裡，甚至不指望情勢會自然幫他解決問題。

不幸的是，妻子在這一點也總是持消極態度。她是遇到事件會採取行動的人，有時受人之託也比男人更勇往直前，但這只限於她能清楚掌握眼前摸得到的東西時。可是在她看來，夫妻間沒有這種東西，也不認為父親與丈夫之間有那麼嚴重的裂痕。除非發生具體的重大變化，足以讓她認為是「事件」，否則她都等閒視之。她認為，發生在自己與父親、丈夫之間的精神狀態波動，是無從著手改善的。

「因為根本沒什麼嘛。」

縱使她暗自意識到這種波動，嘴巴上也只能如此回答。縱使這個她認為最正當的答案，聽在健三耳裡時而顯得虛偽，她也不為所動。最後她會抱著不在乎的態度擱下不管，把她的消極凝練得更消極。

就這樣，夫妻的態度在消極這一點是一致的。縱使這種一致會使彼此的不協調持續下去也無可奈何，因為這個一致是出自他們根深蒂固的個性。與其說偶然，毋寧說是必然的結果。當他們面對面時，從對方的相貌就能判斷自己的命運。

岳父拿到健三籌來的錢離開後，夫妻倆並沒有把此事當作特別的問題來談，反倒說起別的事。

「產婆說什麼時候會生？」

「她沒清楚說什麼時候，不過快了。」

「妳都準備好了嗎？」

「嗯，東西都放在後面的櫃子裡了。」

健三不知道櫃子裡放了什麼。妻子痛苦地大嘆一口氣。

「這樣受罪實在太痛苦了，得趕快生才行。」

「妳不是說過，這次可能會死掉？」

「是啊，不管死掉還是怎樣都無所謂，我只希望早點生。」

「真是可憐啊。」

「算了，死了也是你害的。」

健三憶起長女在遠方鄉下出生的情景。那時他忐忑不安苦著一張臉，產婆叫他進去幫忙一下。他進到產房，妻子忽然以駭人的力道死命抓住他的手，發出猶如被刑求的痛苦叫聲。他在精神上感受到妻子身體遭受的痛苦，甚至覺得自己是罪人。

「生小孩很痛苦，看的人也很煎熬喔。」

「那你就找個地方去玩吧。」

「妳可以一個人生嗎？」

妻子沒回答。她絕口不提丈夫出國期間，她留在國內生次女時的事。健三也不想問。生性愛操心的他，不可能放著妻子痛苦呻吟，自己卻外出閒晃。

產婆再來的時候，健三慎重起見地問。

「一週內會生吧？」

「不，可能會稍微往後延。」

健三與妻子便以此作準備。

八十

結果預產期比產婆說得早。妻子察覺到自己會早產，發出痛苦呻吟聲，驚醒了一旁睡夢中的丈夫。

「剛才肚子突然痛了起來……」

「要生了嗎？」

健三不曉得妻子的肚子痛到什麼程度，只能在寒夜從棉被探出頭來，靜靜觀察妻子的情況。

「我幫妳揉一揉吧？」

懶得起身的健三，先是嘴巴說說應付一下。他只有一次陪產經驗，而且也忘得差不多了。但依稀記得長女出生時，妻子的痛苦猶如潮起潮落，反覆了很多次。

「不會這麼快生吧？不是會有陣痛，一陣一陣的。」

「我也不知道，就只是一直痛起來。」

妻子的模樣證明她所言屬實。她痛到無法靜靜躺在床上，拿掉枕頭後，一會兒往右轉，一會兒又往左轉。身為男人的健三不知如何是好。

「要不要叫產婆來？」

「要，快點！」

專業產婆家有裝電話，可是健三家沒有這種先進設備，因此有急事要打電話，都是去經常就診的附近醫生家借電話。

初冬暗夜，離天亮還早。他知道這時不該打擾醫生和去敲女傭的門，但實在沒勇氣悠哉等到天亮。因此他拉開寢室的門，穿過另一個房間與飯廳，來到女傭房間門口，立即喚醒一名女傭，派她連夜去找人。

健三回到妻子身旁時，妻子痛得更厲害了。他緊張得要命，每隔一分就聽聽門口有沒有停車聲。

產婆遲遲沒來。妻子連續不斷的痛苦呻吟聲，將深夜安靜的房間攪得很不安。不到五分鐘，她向丈夫宣告：「我要生了！」然後伴隨一聲忍無可忍般的淒厲慘叫聲，孩子也誕生了。

「要撐住啊！」

健三立即起身走到床尾，卻不知如何是好。此時那盞煤油燈，從細長的燈罩裡，發出死寂的光芒照著昏暗室內。健三落眼之處恰好處於暗處，連棉被的條紋都顯得朦朧不清。

他頓時不知所措。若將煤油燈移過來照亮這裡，他又滿心畏怯，生怕看到男人不該看的地方，只好在昏暗中摸索。他的右手忽然摸到一種從未接碰過的物體，有種奇妙的觸感。這物體如洋菜般柔軟富有彈性，以形狀來說也只是輪廓不清楚的一團肉塊。這肉塊使他渾身毛骨悚然，卻也伸出手指輕輕地摸摸看。肉塊動也不動，但也沒哭。只是觸摸時，那如洋菜般柔軟富有彈性的東西彷彿就要剝落。健三心想，若是硬壓或拿起來，這物體一定會全盤崩解。想到這裡，他心生恐懼趕忙收手。

「可是這樣放著，會感冒吧？也可能會凍壞吧？」

健三無法分辨孩子是死是活，卻也如此擔心起來。此時他驀然想起，妻子說分娩所需的東西都放在櫃子裡。於是他連忙打開身後貼著唐紙[42]的隔間門，從櫃子取出大量棉花，他甚至不知道這叫脫脂棉，只是胡亂將它扯碎，蓋在柔軟的肉塊上。

八十一

不久，產婆來了，健三終於放心返回自己的房間。

天很快就亮了，嬰兒的哭泣聲顫動了家中寒冷空氣。

「恭喜母子平安。」

「男孩還是女孩？」

「是個女孩……」

產婆似乎有些遺憾，說得欲言又止。

「又是女孩啊。」

健三也露出些許失望之色。第一個是女孩，第二個也是女孩，這回生的又是女孩。健三成為三個女兒的父親，不禁暗自責怪妻子，老是生女兒幹嘛。卻沒想到會生出女兒是自己的

42 唐紙是一種用於紙拉門、隔間門及屏風等的裝飾和紙。

責任。

在鄉下出生的長女，是肌膚細緻的漂亮寶寶。以前健三常讓她坐在嬰兒車，推著她上街散步。有時女兒睡著了，他就望著那天使般安詳的睡臉，將她推回家。但後來的變化卻是他料想不到的。健三回國時，這個女兒在別人的陪伴下來到新橋迎接他，看到久違的父親，竟對旁邊的人說：「我還以為爸爸會長得更帥呢！」健三也覺得久違的女兒怎麼變醜了。她的臉越來越短，輪廓也變得有稜有角。健三不得不承認，女兒越長越大，容貌也清楚地顯現出自己遺傳給她的缺點。

次女的頭上常年都在長疱，可能是不透氣所致，後來乾脆把頭髮剪光。結果這個下巴短、眼睛大的孩子，變成像是海和尚般的怪物，到處晃來晃去。

基於父母的偏心，總希望第三個孩子能長得漂亮些，但恐怕也沒指望了。

「一直生那種小孩，到底是怎樣！」

健三甚至有了這種不像父母的感想。但這指的不僅是小孩，也隱約在指涉自己與妻子，到底是怎麼搞得。

外出前，他去寢室看了一下。只見妻子安穩地睡在換過的乾淨床單上，寶寶像小小的附屬品般，裹在新做的厚棉被裡，放在妻子身旁。那孩子的臉蛋紅通通的，與他昨夜在黑暗中摸到洋菜般的感覺迴然不同。

房裡收拾得很乾淨，甚至看不到髒東西的影子。昨夜的記憶恍如一場夢境消失得無影無蹤。他問產婆：

「妳換了棉被啊？」

「是啊，棉被和床單都換過了。」

「居然這麼快就收拾好了。」

產婆只是笑了笑。她從年輕就一直單身，聲音和態度都有點像男人。

「因為你亂用了一堆脫脂棉，害我不夠用大傷腦筋呢！」

「真是辛苦妳了。因為我那時慌了手腳。」

健三嘴上這麼說，其實並不覺得過意不去。此時他更擔心失血過多、一臉蒼白的妻子。

「怎麼樣？」

妻子微微睜開眼睛，在枕頭上輕輕點頭。然後健三就外出了。

按時回家後，他穿著西裝就去坐在妻子床邊。

「怎麼樣？」

但妻子已不再點頭。

「好像不太對勁。」

妻子的臉和今晨看到的不同，顯得又紅又燙。

「不舒服嗎？」

「嗯。」

「要不要叫產婆來？」

「她快來了吧。」

產婆確實該來了。

八十二

不久，妻子腋下塞了體溫計。

「有點發燒耶。」

產婆說完，甩了甩體溫計，將刻度上升的水銀甩下去。她算是比較寡言的人，連「為了慎重起見，請婦產科醫生來看看吧」這種話都沒跟健三說，便逕自走了。

「不要緊嗎？」

「什麼不要緊？」

健三完全沒有這方面的知識，看到妻子發燒，便擔心會不會是產褥熱。妻子很相信母親花錢請來的產婆，反倒顯得很淡定。

「妳還問我什麼？這是妳的身體吧？」

妻子沒回答。健三覺得她的表情彷彿在說死了也無所謂。

「我這麼擔心她，她居然……」

這種感受一直持續到第二天，他一如往常一早就出門了。下午回到家，發現妻子的燒已經退了。

「果然沒事啊。」

「是啊。不過不知道何時又會發燒喔。」

「生孩子，會這樣時不時發燒嗎？」

健三問得很認真。妻子落寞的臉上淺淺一笑。

所幸後來沒有再發燒了。產後的恢復狀況也大致順利。健三常來被規定臥床休養三週的妻子床邊，坐著與她說話。

「妳老說這次會死會死的，還不是活得好好的。」

「如果我死了比較好，我隨時可以死。」

「隨便妳。」

妻子已能將丈夫這種話當玩笑話聽，卻也不得不回顧，儘管對自己的生命感覺遲鈍，當時確實感到一種危險。

「其實我真的覺得我這次會死喔。」

「為什麼？」

「沒有理由，就只是這樣覺得。」

原以為這次生小孩會死，不料卻比一般人生得更輕鬆。預想與事實恰好相反，但妻子甚至沒留意到這點。

「妳還真悠哉啊。」

「你才悠哉啦。」

妻子欣喜地看著睡在身旁的寶寶，以指尖輕戳那個小臉蛋，開始逗弄了起來。寶寶的臉尚未完整具備人類的五官，顯得有點怪。

「雖然很快就生出來了，不過好像有點太小。」

「很快就會長大了。」

健三想像這小小的肉塊，長成妻子這麼大的模樣。當然是遙遠未來的事。但只要途中命不該絕，這一天一定會來。

「人的命運真是難以掌握啊。」

妻子覺得丈夫這話來得唐突，不解其意。

「你說什麼？」

健三只好再說一次。

「這有什麼問題嗎？」

「沒什麼問題啊。事實如此，我只是實話實說。」

「無聊透了。你老愛說人家聽不懂的話，真沒意思。」

妻子不理丈夫，又把寶寶往自己身邊挪。健三也沒擺出臭臉，就此回書房去了。

他心裡擱著很多事情，除了沒死的妻子和健康的寶寶，也惦記著差點失去工作的哥哥，差點因氣喘喪命的姊姊，想謀取新職位尚未得手的岳父，以及島田與阿常的事。此外還有自己與這些人剪不斷理還亂的關係。

八十三

小孩是最輕鬆的。兩個姊姊開心得像買了活著的洋娃娃給她們似的，只要得空就湊到新妹妹的旁邊來。這妹妹只要眨眨眼，她們都感到驚奇，甚至打噴嚏打哈欠都覺得是不可思議的現象。

「以後會變成怎麼樣呢？」

他們忙於處理眼前的事，心中未曾思索這個問題。孩子們甚至不懂以後會變成怎麼樣的意思，當然也不會去思考以後該怎麼做。

以這個層面看到的孩子們，起比妻子，他們離健三更遠。健三從外面回來時，經常西裝也沒脫，就站在門檻上，怔愣地看著這些孩子。

「又鬧成一團了。」

有時他見狀就立即轉身走出去。

有時他連衣服都不換就盤腿坐下。

「老是用熱水袋對小孩的健康不好，拿出來！而且要放幾個啊？」

他什麼都不懂卻愛發牢騷，有時反遭妻子訕笑。

日子一天天過去，他也不想去抱抱小孩，倒是看到孩子們和妻子在房裡窩成一團，竟興起一種詭異的想法。

「女人最會霸佔小孩。」

妻子心頭一驚，回頭看向丈夫。彷彿丈夫這句話，讓她領悟到自己一直以來無意中在做的事。

「你突然在胡說什麼呀？」

「可不是嗎？女人想藉此報復對丈夫的不滿吧。」

「聽你在胡說八道。小孩會親近我，是因為你不理他們吧。」

「根本是妳讓他們不理我吧。」

「隨你怎麼說！反正你這個人偏見特別多，而且你能說善道，我說不過你。」

健三是很認真的，也不認為自己說的是偏見或能言善道。

「女人就愛耍計謀，實在要不得。」

妻子在床上別過身去，眼淚撲簌簌地落在枕上。

「幹嘛這樣欺負我……」

孩子們看到母親的模樣也快哭了。健三心裡十分難受。他知道自己被征服了，必須說話安慰還在產褥期的妻子，但他對此事的理解依然和這份同情是兩碼子事。他為妻子拭去淚水，但這淚水無法修正他的看法。

兩人再見面時，妻子冷不防刺向他的弱點。

「你為什麼就不肯抱抱那孩子？」

「我覺得我抱她會有危險，萬一扭到脖子就糟了。」

「少騙了，你對老婆和小孩根本沒感情。」

「可是妳看看，那一團軟綿綿的，沒抱慣小孩的男人怎麼敢亂抱。」

嬰兒確實軟綿綿的，軟到不知道骨頭在哪裡。但妻子對他的說法不以為然，並舉出以前大女兒出水痘時，他的態度赫然生變一事來證明。

「那時候你每天都抱她，出了水痘你就不抱了不是嗎？」

健三不想否認這個事實，但也不想改變自己的看法。

「不管怎麼說，女人就是有她的技巧，沒辦法。」

健三如此深信，宛如自己是擺脫所有技巧的自由人。

八十四

妻子常躺在床上看租書店借來的小說解悶，枕邊有時會擺著髒兮兮厚紙封面的書。健三被這封面吸引，開口問妻子：

「這種東西好看嗎？」

妻子覺得他在嘲笑自己文學品味低俗。

「那又怎樣？你覺得不好看，我覺得好看就行了。」

她早就意識到自己與丈夫在各方面都有所隔閡，因此碰到這種事立即如此回嗆。

嫁給健三之前，她接觸過的異性除了父親與弟弟，只認識經常出入官邸的兩三個男人，而這些人就某些層面而言都與健三不同。對於男性的認知，她帶著從這幾個人得知的觀念嫁給健三後，赫然發現健三是與她期待完全相反的男人。她認為一定要判斷哪一邊才是正確的。當然，看在她眼裡，父親才是正常男人的代表。她的想法很單純。她確信丈夫經過這個社會調教後，一定也會變成父親那種類型的人。

偏偏事與願違，健三太頑強，妻子也太執著。兩個脾氣都很硬的人，就這樣鄙視對方。妻子凡事都以父親為標準，動不動就在內心反抗丈夫。健三也覺得不認同自己的妻子很可恨。冥頑不靈的健三，曾毫不客氣公然擺出瞧不起妻子的態度，惹得妻子出言反抗。

「那你教我就好了啊，幹嘛這樣瞧不起人！」

「因為妳根本不想讓我教妳啊。妳認為妳很厲害已經能獨當一面，我根本沒辦法呀。」

妻子在心裡碎唸，到底是誰在盲從啊。丈夫也在心中為自己辯解，這女人根本無法啟發。兩人經常為這種老問題爭執不休，但問題從未得到解決。

這次關於小說的事，健三擺出一副受夠了的態度，忿忿地將翻得破舊的租書往地板扔。

「我不是叫妳不要看，要看什麼書是妳的自由。我只是希望妳不要過度使用眼睛。」

妻子最喜歡做針線活。晚上睡不著的時候，無論一小時或兩小時，她都可以在煤油燈下細細地做針線活。忘了是長女或次女出生後，她曾仗著自己年輕體健，不需多長的時間就縫好一件衣服，卻也因此造成視力嚴重惡化。

「做針線活是很傷眼力沒錯，可是看書不要緊吧。而且我又不是一直在看。」

「但也不要看到累了才停止吧，這樣以後會很麻煩。」

「什麼啦，不要緊。」

妻子年紀未滿三十，不懂過勞的意思，只是笑笑不予理會。

「就算妳不麻煩，也會給我帶來麻煩。」

健三故意說了這句自私的話。當妻子無視自己的提醒，健三總愛說這種話。妻子則把這個當作丈夫的壞習慣。

而健三自己寫筆記的字也越來越小。原本像蠅頭小字，後來慢慢縮成螞蟻頭那麼小，卻也不曾想過為何要把字寫得這麼小，幾乎是無意義地以沾水筆一直書寫。無論是陽光微弱的傍晚窗下，或是昏暗煤油燈的黯淡燈光下，他只要有空就不顧濫用自己的視力。提醒妻子要保護視力，自己卻不注意視力問題，而且不認為有何矛盾之處。妻子似乎也不在意。

八十五

妻子能下床時，冬天已在他們荒涼的院子立起霜柱。

「實在太荒涼了，今年冬天好像比往年冷啊。」

「那是因為妳貧血才會這麼覺得吧。」

「是嗎……」

妻子似乎也留意了起來，將雙手伸在火盆上，察看自己指甲的顏色。

「這只要照照鏡子看臉色就知道了吧。」

「嗯，這我知道。」

她收回火盆上的手，摸摸自己蒼白的臉頰。

「可是今年還是比往年冷吧。」

健三認為妻子沒有在聽自己的說明，很可笑。

「冬天嘛，當然很冷啊。」

健三笑妻子怕冷，其實自己比別人更怕冷。尤其近年來，他的身子越來越難以抵擋寒冬，不得已只好將暖爐桌搬進書房，防止寒氣從雙腳竄上腰部。他甚至沒想過這可能是神經衰弱導致的結果。不夠注意身體，這一點其實他和妻子沒什麼區別。

妻子每天早晨送丈夫出門後才開始梳理頭髮，手中總會留下幾根長髮。每次梳頭，也總會惋惜地看著纏繞在梳齒上的掉髮。比起生小孩的失血，她更重視這些頭髮。

「為了孕育新生命，不得不以日益衰老作為代價。」

她內心微微地湧現這種感慨。但她沒有聰慧到，能將這種微小的感慨整理成文句。這種感慨裡，同時也交雜著立下大功的驕傲，與受到懲罰的怨恨。但無論如何，她只是越來越疼愛剛出生的寶寶。

那軟綿綿不知如何抱的寶寶，她熟練地一把抱起，親吻圓圓的小臉，極其自然地認為自己生出來的寶寶就是自己的。

她將寶寶放在身旁，又坐到裁布板前做針線活，但也不時停下手中的針線，擔心地看向下方睡得暖呼呼的寶寶臉頰。

「妳在做誰的衣服？」

「還是這孩子的。」

「需要做這麼多件嗎？」

「對啊。」

妻子默默地繼續運針。

健三似乎終於察覺到了，看著妻子腿上有一塊很大的花布。

「這是姊姊送的賀禮吧？」

「是啊。」

「真是無聊透了。既然沒錢就別送嘛。」

姊姊覺得不送點禮物過意不去，拿出一些健三給的零用錢買了這塊花布。健三無法理解姊姊的這種心情。

「這等於我自己花錢買的一樣嘛。」

「可是她覺得這是對你的人情義理，沒辦法。」

姊姊是個過分恪守世間人情義理的女人。只要收到別人的東西，總想著如何回贈更多。

「真是傷腦筋。老是滿口人情義理，我真搞不懂她的人情義理是什麼。與其做這種形式上的事，不如小心點別讓自己的零用錢被比田拿走還比較實在。」

每當談到這種事，妻子的反應就特別遲鈍，沒有硬是幫姊姊辯護。

「改天再送個禮給她不就好了。」

健三拜訪別人家從不帶伴手禮，儘管如此他疑惑地看著妻子腿上那塊柔軟輕薄的毛織布。

八十六

「我聽說大家都喜歡拿東西去送姊姊。」

妻子看著健三的臉，突然說起這件事。

「因為大家都知道她的個性，你給她十，她會還你十五，所以都是貪圖她的回禮而送她東西。」

「就算送十還十五，只不過五十錢變成七十五錢吧。」

「可是對那些人來說，這樣就夠多了。」

看在別人眼裡只知沉醉於寫小字筆記的健三，萬萬沒想過世間竟還有這種人。

「這種交際也太麻煩了。妳不覺得荒謬嗎？」

「看在旁人眼裡或許覺得荒謬，一旦置身其中也無可奈何。」

這讓健三想起一個問題，前陣子在別處臨時賺到的三十圓，自己是怎麼花掉的。

距今一個多月前，健三受友人之託，為他經營的雜誌寫一篇長稿。[43]在此之前，他除了為授課寫詳細筆記，沒必要寫別的東西，這篇稿子只是想別在的領域動動腦筋的最初嘗試。他只是憑著自己的興趣寫好玩的，根本沒有想過要報酬。當委託的友人將稿費放在他面前，他開心得彷如拾獲意外之財。

一直以來，他很在意自家客廳過於單調寒酸，於是拿到稿費立即前往團子坂一間檀木傢具店，請木匠做了一塊紫檀匾額。把朋友從中國帶回來送他的《北魏二十品》拓本，選了一幅裝裱在紫檀匾額裡，然後以細長胡麻竹做成環狀吊起來，掛在壁龕的釘子上。由於竹環是圓的難以緊貼牆壁，匾額不動時看起來歪歪的。

之後，他又走下團子坂，去谷中的陶器店買了一個花瓶。這花瓶是朱紅色，裡面繪有淡黃色的大花草，瓶身約一尺多高。買回來之後，他立即將花瓶擺在壁龕裡，卻露出失望的眼神，因為大花瓶與搖晃的小匾額顯得很不協調。然而看著這不協調的搭配，他心想總比空無一物來得好。沒有餘裕講究風雅的他，只能在不滿足中求得滿足。

接著他又去本鄉路的綢緞布疋店買和服料子。他對紡織品一竅不通，只從掌櫃拿給他看的布料裡，隨便挑了一塊閃閃發亮的碎白花紋綢緞。幼稚的他認為會發亮的料子比不會發亮的來得高級。掌櫃建議他應該做整套的外褂與和服，他就抱了一疋伊勢崎銘仙[44]走出店外。在這之前，他甚至沒聽過「伊勢崎銘仙」這個名稱。

他買了這麼多東西都是為了自己，絲毫沒有想到別人，即使是自己剛出生的孩子他也沒

43《我是貓》的第一回，刊載於高濱虛子經營的《杜鵑》雜誌。
44 銘仙是一種絲綢染色的平紋織物，伊勢崎為產地名。

放在眼裡。至於那些生活比自己困苦的人，他根本早就拋在腦後了。與過度重視世俗人情的姊姊相比，他甚至失去了對弱者的善意。

「即使自己吃虧也要盡人情義理，確實很偉大。但姊姊是天生愛面子，不值得誇獎，不偉大反而比較好吧。」

「難道她就沒有一點好心腸的成份嗎？」妻子問。

「這個嘛……」

健三不得不思索片刻。姊姊確實算是好心腸的人。

「可能是我太不近人情了。」

八十七

就在健三與妻子這段對話記憶猶新之際，阿常第二次找上門。

她的穿著粗俗寒酸，與上次來訪時大致相同，由於天氣寒冷，裡面可能還塞了貼身棉襖，顯得比上次更圓胖臃腫。健三立即將火盆往她前面推。

「啊，不用了。今天還滿暖和的。」

外頭柔和的陽光，在拉門的玻璃上閃著微光。

「您上了年紀，好像越來越胖了。」

「是啊，不過託你的福，身體還算硬朗。」

「那就好。」

「只是家境卻越來越瘦了。」

健三對老年肥胖的健康抱持懷疑，至少認為這樣不正常，委實令人擔憂，甚至如此暗自揣測：「她有在喝酒吧？」

阿常穿著一身舊衣服，不知洗了多少次的和服與外褂，隱約還看得出些許絹絲光芒，卻顯得硬綳綳。但從這裡也看得出她的脾性，無論日子過得多苦，她都要把衣服漿洗得乾乾淨淨。健三看著她肥又拘謹的身影，知道她的生活狀況與她說的沒有距離。

「現在到處都是困苦的人啊，真是傷腦筋。」

「像你這樣也算困苦的話，世上就沒有困苦的人了。」

健三甚至無心辯解，只是隨即暗忖：

「她可能認為我比她有錢，所以我的身體也比她好吧。」

其實健三近來的身體狀況不太好。他有察覺到這一點，但沒去看醫生，也沒跟朋友說，只是默默忍受身體的不適。可是想到身體的未來就煩躁起來，有時還怪別人把自己的身體搞得如此虛弱，明明沒有對象，自己也在那邊生悶氣。

「她可能以為我比她年輕，生活起居沒什麼問題，就認為我很健康吧。就像我住在獨門獨院的房子，還雇了女傭，就認為我是有錢人。」

健三默默看著阿常，也看了看剛擺飾在壁龕裡的花瓶與後面掛的匾額，心中則是有著近日就能穿上的閃亮新和服。但不知為何就是無法同情這個年邁女人，自己也覺得奇怪。

「也許是我太不近人情了。」

之前他在批評姊姊時曾如此反思，此刻在心中又重複了一遍，卻也得出「不近人情又怎樣」的結論。

阿常開始說起照料她女婿的事。就如一般世間常看到的，女婿的本事立刻成為她最關心的問題。她所謂的本事，就是每個月能賺多少錢。對她而言，除了錢以外，這遼闊的世界找不到另一個能衡量人的價值的東西。

「畢竟他的收入太少，實在沒辦法。要是能再多賺一點錢就好了。」

她不說自己的女婿愚笨或無能，只是把他每個月勞力產出的收入數目擺給健三看。這就像做衣服時，只知道用尺量布料的尺寸，完全不管花色或質地。

偏偏很不巧的，健三從事的工作並不喜歡別人以這種尺度來衡量一個人的價值，因此對她滿腹的牢騷，也只是冷淡地置若罔聞。

八十八

健三看時間差不多了，起身走進書房，拿起桌上的錢包，悄悄往裡一看，發現一張五圓鈔票。於是他握著這五圓鈔票回到客廳，把錢放在阿常面前。

「不好意思，請您用這個錢僱車回去吧。」

「讓你這麼擔心，實在過意不去。我不是為錢而來的。」

阿常嘴上推辭，手倒是很誠實的把錢收進懷裡。

健三給她錢時，說法和上次一樣；阿常收下錢時，措辭也與上次相同。此外巧合的是，連「五圓」這個金額也完全一致。

「下次她來的時候，要是我沒有五圓的鈔票怎麼辦？」

健三的錢包就這麼點錢，始終沒有錢包滿滿的時候。這一點身為錢包主人的他最清楚，阿常是不可能知道的。健三料想阿常第三次來的時候，必須第三次給她五圓鈔票，不禁覺得荒謬至極。

「我覺得以後她一來，我就得給她五圓，這不就跟姊姊講究沒必要的人情義理一樣嗎？」

原本一副事不關己在燙衣服的妻子，繼續燙著衣服但這麼說道：

「沒錢的時候就別給她呀，沒必要這樣愛面子。」

「我當然知道沒錢別給她，沒錢要怎麼給！」

兩人的對話就此中斷。這段時間，只聽得到將快熄的炭火從熨斗移到火盆的聲音。

「為什麼，今天你的錢包裡會有五圓？」

健三買那個和壁龕不搭的朱紅大花瓶花了四圓多，訂做匾額花了五圓。當時在傢具店，他還看中一個漂亮的紫檀書櫃，木匠說便宜算他一百圓就好，問他要不要買？他慎重地從錢包取出不到二十分之一的錢，交給木匠。此外他還買了一疋閃閃發亮的伊勢崎銘仙，花了十多圓。從友人那裡收到的稿費變成這些東西後，手邊只剩一張髒兮兮的五圓鈔票。

「其實我還有想買的東西。」

「你還想買什麼呀？」

健三無法當著妻子的面說出那些特殊物品的名稱。

「我想買的可多了。」

慾望無窮的健三，最後只如此簡單回答。妻子的嗜好與他相去太遠，因此也懶得追問，倒是提起另一個問題。

「那個老太婆比你姊姊沉穩多了，要是她和那個島田在我們家碰上，不至於吵起來吧？」

「沒有碰上算是幸運。要是那兩個人一起坐在我們家的客廳那還得了，那才真的令人受不了啊！一次應付一個就已經夠受了。」

「現在他們也會吵架嗎？」

「不管吵不吵，反正我受不了就是。」

「他們似乎都不知道對方來過我們家吧？」

「我哪知道。」

島田未曾提過阿常的事。阿常倒是一反健三的預料，也沒說到島田的事。

「那個老太婆比那個人好一點吧？」

「怎麼說？」

「她拿到五圓就默默走人了。」

島田每來一次，要求就會變多。與之相比，阿常的態度確實比較老實。

八十九

沒過幾天，島田那張好色的臉又出現在健三家的客廳時，健三立即聯想到阿常。

既然他們不是天生的仇敵，以前一定也有過感情融洽的時光。不在乎被人說吝嗇鬼，只顧存錢的那段時光，想必他們很快樂，也對未來充滿希望吧。然而對他們而言，唯一象徵感情和睦的金錢不翼而飛之後，他們是如何看待那夢幻般的過去呢？

健三差點就跟島田提起阿常的事，偏偏島田對於過去一臉漠然，遲鈍得彷彿什麼事都不記得了。以前的憎恨，昔日的愛戀，像是與當時的錢一起從他心中消失了。

他從腰際掏出煙草盒，往煙管頭塞了些煙草，抽起菸來。叩掉菸灰時，他將煙管放在左手掌叩，沒有直接敲在火盆邊上。煙管裡似乎積著菸垢，吸菸時發出啾啾聲響。他默默往懷裡摸索了半晌，然後對健三說：

「能不能給我一點紙？我的煙管塞住了。」

健三給了他一張紙，他將紙撕開，捻成一小條，往煙管裡清了兩三次。他最擅長做這種事，動作相當熟練。健三默默看著他的本領。

「快到年底了，你也很忙吧？」

他通好煙管後，愉悅地抽著菸，如此問健三。

「我們這種工作不分年底年初，一年到頭都一樣。」

「那很好啊，一般人可就不行了。」

島田似乎還想說什麼，但此時後面房間傳來小孩哭聲。

「哦，像是嬰孩的哭聲啊？」
「是啊，不久前剛出生的。」
「恭喜恭喜。我完全都不知道。是男孩？還是女孩？」
「女孩。」
「哦？恕我冒昧，這是第幾個了？」
島田只顧問東問西，根本沒察覺健三應答時多麼五味雜陳。
四、五天前，健三剛好看到一本外國雜誌在談統計學上的爭論，說出生率增加的話，死亡率也會上升。當時他萌生了一種分不清是理論或幻想的奇怪想法：世上有個嬰孩誕生，就會有個老人死去。
「亦即小孩出生後，就有人必須當替身死去。」
他這個觀念，只是如夢境般模糊，又如朦朧詩句入侵他的大腦。若硬要以理解力弄個一清二楚，這個替身無疑是小孩的母親，再來就是父親。但健三目前還不想走到那一步，只是意味深長地注視眼前的老人。這個老人幾乎不知為何而活，根本沒有活下去的意義，肯定是當替身的最佳人選。

「為何他還活得如此健康呢？」

健三甚至忘了自己這種想法有多殘酷。儘管他也很氣自己的健康不如人，卻絲毫不認為是自己的責任。此時，島田忽然對他說：

「阿縫也終於過世了。喪事已經辦完了。」

從脊髓病這個病名推測，確實是很難治癒的病，健三雖然早已知道，但此刻聽島田這麼一說，也不免同情了起來。

「這樣啊。真可憐。」

「沒什麼，畢竟是治不好的病，這也沒辦法。」

島田泰然自若，吐著煙圈，說得好像阿縫會死是理所當然。

九十

但這個不幸女人過世所引起經濟上的影響，對島田而言，遠比她的過世更重大。健三的猜想立即成為現實，出現在他眼前。

「關於這個，我有一件很困擾的事必須跟你說。」

島田說到這裡，看著健三的臉，顯得很緊張。然而不用他說，健三早就猜出來了。

「又是錢吧？」

「哎，是啊。阿縫死了，柴野和阿藤的關係也就斷了，不能像以前那樣要他們每個月寄錢來。」

島田的語氣時而粗魯，時而又變得客氣。

「還有，政府以前都會每個月寄金鵄勳章的年金來，這錢也突然沒了，我真的完全沒有指望了，很傷腦筋啊。」

接著島田的口氣又變了。

「總之事到如今，除了你，我已經找不到人可以依靠。所以你一定要想辦法幫幫我。」

「你怎麼可以這樣硬巴到別人身上來。更何況，現在我沒有任何理由必須做這種事。」

島田直勾勾盯著健三。那眼神半是試探，半像威脅弱者，卻只使得健三更激憤。島田從健三的反應得知，繼續深入會有危險，立即把問題區分開來，從小處說起。

「這種長遠的事，以後慢慢再說。你先幫我救急一下。」

健三不知他有什麼急事。

「我這個年總得過吧。到了年底，不管誰家都需要一兩百圓過年吧，這是理所當然的。」

健三已不想理他。

「我沒有這麼多錢。」

「你別開玩笑了。你住這麼好的房子，怎麼可能連這麼點錢都湊不出來。」

「不管有沒有可能，我說沒錢就是沒錢。」

「那我就不客氣地說了，你每個月有八百圓的收入不是嗎？」

健三對他這種無賴般的挑釁行為，除了憤怒，更是驚愕。

「不管八百圓還是一千圓，我的收入是我的收入，與你無關！」

到了這個地步，島田也靜默了。健三的回答似乎超出他的預料。他臉皮很厚，腦筋卻不聰明，對健三已無計可施。

「你的意思是，不管我多困難，你都不會幫我了？」

「沒錯，我一文錢也不會給你。」

島田起身，走到換鞋處，打開拉門，正要關上時，又回頭說：

「我再也不會來了。」

最後煞有其事丟下這句話，眼睛在黑暗中射出一道寒光。健三站在門檻上，清楚看見這道寒光。但他不覺得這道寒光有何淒厲，也不害怕或感到毛骨悚然，因為他自己眼眸發出的憤怒與厭惡，足以將島田的寒光反擊回去。

妻子在遠處偷窺健三的神色。

「到底怎麼了？」

「隨他去吧。」

「他又來跟你要錢了？」

「我才不會給他呢！」

妻子面露微笑，擺出偷瞄丈夫的姿態。

「那個老太婆走細水長流路線，還算安全。」

「島田也不會這樣就善罷甘休喔！」

健三忿忿地說，腦海甚至已開始揣想島田下次來的情景。

九十一

與此同時，健三沉睡至今的記憶也不得不被喚醒，這才帶著面對新世界的人特有的銳利眼光，清晰地眺望被領回老家後的往日情景。

那時對生父而言，健三是個小累贅，總是擺出「怎麼跑來一個這種廢物」的臉色來面對健三，幾乎不把健三當親生兒子看。生父這種態度和以前截然不同，也使健三對他的愛連根枯竭了。以前在養父母前面，生父總是對自己笑咪咪的，帶回家自己養後，立刻變得刻薄無情。健三比較生父這兩種態度，先是感到驚愕，然後就討厭了。但那時他還不懂得悲觀。畢竟隨著成長發育而來的朝氣，再怎麼抑制也會勇敢地抬頭，所以他最終還是挺過來了，沒有陷入憂鬱。

父親有好幾個孩子，絲毫沒想過老後要依靠健三，所以覺得現在花一分錢在健三身上都是可惜。因為是親生兒子，逼不得已領回來養，但除了給他飯吃還要照顧他，父親認為只是吃虧而已。

更關鍵的是，人雖然回來了，可是戶籍沒有恢復。無論在老家如何細心撫養，若到時候養家又來把他帶走，到頭來也只落得一場空。

「吃飯是沒辦法的，就給他吃吧。可是除此之外我就不管了，那是對方該負責的事。」

這是父親的論調。

而島田也只是站在自己有利的立場，靜觀其變。

「既然他們把健三帶回去就會想辦法照顧。等到健三長大可以工作賺錢了，到時候就算打官司再把他搶回來就行了。」

健三不能住在海裡，也不能住在山裡。雙方都把推他來推去，使他在中間不知如何是好。但同時他吃海裡的東西，有時也拿山裡的東西。

無論生父或養父，都沒把他當人看，他毋寧是一件物品。只是比起生父把他當廢物看，養父則盤算著以後他對自己有什麼用處。

「你要有心理準備，哪天我會把你領回來，不管做雜工還是什麼都會叫你去做。」

有一次健三去養父家，島田不曉得提到什麼順便這麼說。健三聽了大吃一驚，趕忙逃回家，幼小心靈也蒙上一種殘忍刻薄的恐懼感。他不太記得那時他幾歲，但已萌生了一種想法：必須長期努力用功，成為一個有出息的人。

「我才不要去做雜工！」

他在心裡反覆默唸這句話，不曉得默唸了多少次。所幸默唸這句話沒有徒勞，他總算不用去做雜工。

「可是我能有今天，又是怎麼辦到的呢？」

想到這裡，他覺得不可思議。這份不可思議裡，也夾雜許多自己竟能鬥贏周圍的人的自豪感，當然也包含了看到未竟之事已完成的自鳴得意。

他對照比較過去與現在，不由得懷疑過去是如何發展成現在，卻完全沒意識到自己正為這個現在所苦。

他與島田的關係破裂，是託這個現在之福。他討厭阿常，沒有和姊姊與哥哥同化，也是託這個現在之福。與岳父漸行漸遠，肯定也是這個現在的功勞。但從另一角度看，現在的自己跟誰都處不來，也是很可憐。

九十二

妻子對健三說：

「反正不管到哪裡，都不會有你欣賞的人。因為世上的人都是笨蛋。」

健三的心沒沉穩到能對這個諷刺一笑置之。周遭的事，使得缺乏雅量的他越來越窘迫。

「妳認為人只要有用就行了，對吧？」

「可是沒用的話，根本幫不上忙啊？」

妻子的父親倒是很有用的人，妻子的弟弟在這方面也很能幹。偏偏健三天生與實用相去甚遠。

他連搬家都幫不上忙，大掃除也只會袖手旁觀，甚至綁個行李，連細麻繩該怎麼繞都不知道。

「虧你還是個男人。」

動也不動的健三，看在旁人眼裡，活像個笨拙的蠢蛋。因此他更不想動，也更加將自己的本事朝反方向發展。

基於這個觀點，他以前還曾想把妻子的弟弟，帶去自己住的鄉下好好教育一番。那時的小舅子，看在健三眼裡相當狂妄，在家裡橫行霸道，誰都不放在眼裡。家裡請來一位理學士當他的家庭教師，每天來家裡幫他複習功課，他卻在那人面前蠻不在乎地盤腿而坐，還直呼人家某某君。

「這樣實在不行。把他交給我吧。我把他帶去鄉下好好教導。」

健三這個提議，得到岳父默許。但後來又被岳父默默拒絕了。岳父看到自己的兒子在眼前恣意妄為，似乎也不擔心他的未來。不僅岳父，連岳母也很淡定，而妻子根本向來不以為意。

「我爸是擔心，你把他帶去鄉下，萬一他跟你起了衝突，關係變差了，以後就麻煩了，所以才婉拒的。」

聽了妻子的辯解，健三認為未必是謊言，但也似乎暗藏著其他意思。

「他又不是笨蛋，不用你特別教育也沒關係。」

以周遭的反應來看，健三推測這才是他們謝絕的真正理由。

確實，妻子的弟弟並非笨蛋，反倒有些機伶過頭。這一點健三也很清楚。然而他為了自己與妻子的未來，想好好教育妻子的弟弟，完全是在其他方面。偏偏很遺憾的，岳父母與妻子，至今都不瞭解他指的是哪一方面。

「光是有用，並非才能。妳怎麼連這點道理都不懂！」

健三說得氣勢凌人。這使得妻子很受傷，臉上明顯露出不滿之色。

等心情平復後，妻子又對健三說：

「別這樣劈頭就罵人，說得讓人更明白一點不是很好嗎？」

「我要是說得更明白點，妳又會說我在講大道理，強詞奪理不是嗎？」

「所以你就說得易懂一點嘛。不要說那種我不懂的複雜大道理。」

「那我就不知道該怎麼說了。這跟要求別人不用數字做算術題目是一樣的。」

「可是你那些道理，都只是用來制伏別人，其他沒什麼用。」

「那是因為妳腦筋很差，才會這麼想。」

「我的腦筋或許很差，可是我討厭被沒有內容的空泛道理制伏喔！」

兩人又在同一個圈圈打轉了。

九十三

面對丈夫，無法融洽交談時，妻子逼不得已轉身背對他，看向一旁睡覺的孩子，然後想起似的，立即抱起孩子。

她與這軟溜溜如章魚般的小肉塊之間，既沒有道理之壁，也無分別之牆，彷彿自己摸到的東西就是自己本身。她在寶寶的身上吻來吻去，彷彿要把自己溫暖的心傾注在寶寶身上。

「就算你不屬於我，這孩子是我的喔。」

從她的態度，可以明顯看出這種意涵。

這嬰孩的五官還不明顯，頭髮等了又等也幾乎沒長出來。平心而論，怎麼看都像一個怪物。

「真是生出一個奇怪的孩子啊。」健三實話實說。

「不管哪家的孩子，剛出生都是這樣。」

「這也不見得吧，應該也有稍微像樣點的。」

「你等著看吧。」

妻子說得自信滿滿。健三不懂到底要看什麼，只知道妻子為了這孩子，夜裡要醒來好幾次，也知道她犧牲了寶貴睡眠，卻從沒露出不悅之色。他甚至碰到了一個疑問，母親對孩子的愛，究竟比父親對孩子的愛強多少？

四、五天前，發生一起稍強地震時，膽小的他立即從簷廊衝去院子，不料回到客廳後，竟遭妻子當面斥責。

「你這個人太無情了。你只顧自己，不管別人。」

妻子抱怨他，為何不是先想到孩子的安危，而是先想到自己。健三大吃一驚，做夢也沒想到自己慌亂之際衝動做出的行為，竟要蒙受這種批評。

「即使在那種時候，女人也會想到孩子啊。」

「當然呀！」

健三也覺得自己真的很無情。

然而現在，他卻冷冷看著妻子旁若無人抱著小孩的模樣，宛如小孩是她自己的。

「講不通的人，再怎麼開導也沒用。」健三暗忖。

過了片刻，他的思緒擴大到更廣的範圍，從現在延伸到遙遠的未來。

「這孩子將來長大了，離開妳的時期一定會到來。如果妳認為，就算和我分開，只要能和小孩在一起就夠了，那妳就錯了。妳等著看吧。」

健三回書房冷靜後，思緒又突然染上科學色彩。

「芭蕉結實之後，隔年它的主幹會枯萎。竹子也一樣。動物也有很多，不知是為了生子而活，抑或為了死而生子的事情。人類的進程儘管緩慢，終究也被以此為準的法則支配。母親一旦犧牲自己的一切賦予孩子生命，就必須犧牲剩餘的一切來保護這個生命。倘若她是奉此天命而誕生來到人世，那麼獨佔孩子作為報酬也是天經地義。與其說是故意，不如說是自然現象。」

健三如此思索母親的立場後，也思考自己身為父親的立場。當他想到自己和母親的立場有多麼不同後，又在心裡如此對妻子說：

「擁有小孩的妳是幸福的。但在享受這份幸福之前，妳已經付出很大的犧牲，往後不知還要付出多少妳沒察覺到的犧牲。妳或許是幸福的，但其實也很可憐。」

九十四

年關越來越近，寒風中已可見細雪紛飛。孩子們每天都要唱上好幾遍「再睡幾天就新年了」的童謠。他們的心情就像他們唱的這首歌，對即將到來的新年充滿期待。

健三在書房時不時停下手中的筆，傾聽孩子們唱歌，也想著自己兒時是否也有這樣的時光。

接著孩子們又唱起「老公討厭除夕」這首拍球兒歌。健三聽了不禁苦笑，但這並不完全符合自己目前的情況。他苦惱的是堆在桌上折成四折的考卷，厚厚的一疊又一疊共有一、二十疊，他必須一張張努力看完。他邊看邊以沾水筆沾紅墨水在考卷上槓線、畫圈或畫三角形，還要加總煩瑣的數字，算出分數。

考卷上都是以鉛筆疾書的字，在光線昏暗的地方閱卷，很多字連筆劃都看不清楚，有時甚至有潦草到無法辨識的字。健三抬起疲累的眼睛，神情沮喪望著那堆積如山的考卷，嘴裡不曉得唸過多少次「潘妮洛普的工作」[45]的英文諺語。

「怎麼做都做不完啊。」

健三常常擱筆嘆氣。

然而他做不完的事不止這個，身邊還有不少處理不完的事。此時妻子又拿來一張名片，他一臉疑惑地看著名片。

「什麼事？」

「說是關於島田的事，想跟你見見面。」

「跟他說我現在很忙，請他回去。」

妻子出去回話後，很快又回到書房。

「他要我問你什麼時候方便，到時候再來拜訪。」

健三看向那堆積如山的考卷，擺出「我哪有那個閒工夫」的表情。妻子迫於無奈，只好催促地問：

「那我該怎麼說？」

45「a penelope's web」，意指永遠做不完的工作，典出希臘神話。潘妮洛普引頸期盼丈夫奧德修斯能夠生還，為了拒絕眾多無禮的求婚者，以為過逝公公織壽衣為名來拖延時間，不斷地織布等候丈夫歸來。

「請他後天下午來吧。」

健三也迫於無奈，只好訂出時間。

由於工作被打斷，他索性怔怔地抽起菸來。不料妻子又來了。

「他走了嗎？」

「走了。」

妻子看了看攤在丈夫面前標有紅色記號髒兮兮的考卷。就如同健三無法瞭解她夜裡要為了孩子醒來好幾次有多辛苦，她也難以想像丈夫要仔細批閱這堆積如山的考卷有多困難。

她把不懂的事擱在一邊，坐下來就問丈夫。

「他不曉得又要來說什麼，真是糾纏不休。」

「肯定是要我給他錢過年吧，荒謬至極。」

妻子認為沒必要再理島田。健三的心思則傾向於，念在以前的份上多少給他一點錢。但兩人沒機會談到這裡，話題就轉到別處了。

「妳娘家的情況如何？」

「還是老樣子很困難。」

「那個鐵道公司社長的職位還沒下來嗎？」
「聽說沒問題，可是也不能因為自己的情況去催人家吧。」
「看來這個年很難過啊。」
「非常難過。」
「一定很傷腦筋吧。」
「傷腦筋也沒辦法，這一切都是命啊。」
妻子比較淡定，似乎凡事都能想得開。

九十五

那張名片上的陌生人，照健三指定的時間，隔了一天再度出現在健三家門口。那時健三正以沾水筆尖，在粗糙的答案紙上，又是畫圓圈又是畫三角形，忙著標注各種符號。他的手指多處染上紅色墨水，沒有洗手就直接走去客廳。

這個為島田來的男人，跟上次來的吉田相比，類型不太一樣。但在健三看來，兩者幾乎沒有區別，都是和自己相去甚遠的類型。

他身穿條紋外褂，腰間繫著角帶，腳踩白色足袋，說話的遣詞用字既不像商人也不像紳士，倒是讓健三聯想到代管房產的經理人。他報上自己的身分與職業之前，突然先問健三。

「你還記得我嗎？」

健三驚訝地仔細端詳他。他臉上沒什麼特徵，硬要說的話，頂多就是有種為家庭操勞至今的感覺。

「我想不起來耶。」

他像勝利者般笑了笑。

「我想也是，畢竟這麼多年也忘得差不多了。」

停頓了半晌後，他又補上一句：

「可是我還記得你被叫小少爺小少爺的時候喔。」

「這樣啊？」

健三冷淡地回了一句，又盯著他的臉看。

「你真的想不起來啊。那我跟你說好了。以前島田先生在管理所的時候，我曾在那裡上班。那時你還曾調皮搗蛋，用小刀割破手指，引起一陣大騷動吧。那把小刀就是我硯台盒裡的。那時拿臉盆端水來幫你冰敷手指的，也是我喔！」

健三的腦海裡確實還保存著這件事，但完全想不起眼前之人當時的模樣。

「因為這層關係，島田先生拜託我幫他走一趟。」

他立即進入正題，且如健三所料開始要錢。

「他說他以後不會再來府上了。」

「他上次走的時候也這麼說喔。」

「你看怎麼樣，這次就把事情徹底解決吧。不然這樣拖下去，都只是你麻煩而已。」

健三對他這種「想省麻煩就拿出錢來」的口氣很不以為然。

「不管再怎麼牽連，我都不覺得麻煩喔。反正世上的事就是這樣牽扯不清。就算是麻煩，要我出不該出的錢，那我寧願不出錢忍受麻煩，這樣我還覺得舒坦些。」

那人思索了片刻，貌似有些為難。後來終於開口時，竟說出令人意外的事。

「我想你也知道，你和島田脫離關係時，寫了一張字據給島田，那字據現在還他手裡。

你就趁現在給他一筆錢，把那張字據換回來也不錯啊？」

健三記得有這張字據。那是他要恢復戶籍回老家時，島田要求健三寫一張字據。健三的父親逼不得已就對健三說：「寫什麼都好，寫給他吧。」健三不知道要寫什麼，迫於無奈執筆寫了兩行字，大意是：「關於此次脫離關係，往後彼此都不要做違反人情義理之事。」然後就交給了島田。

「那種東西形同廢紙喔！他拿著也沒用，我拿回來也沒用。如果他覺得可以利用，那就隨他利用吧。」

想不到此人是強迫推銷字據的，那態度更使健三反感。

九十六

談話陷入僵局，那人也閉嘴了。但過了片刻，他又伺機提出同樣的問題，雖然說得拉拉雜雜，卻也不是道理行不通就訴諸以情，只是意圖露骨得顯而易見，只要健三付錢就行。健三陪他沒完沒了地過招，後來也煩了。

「如果要我花錢買回字據，或是討厭麻煩就拿錢出來，那我只能拒絕。但若他現在生活有困難，希望我能幫忙，並保證以後不會再來糾纏，看在過去的情份上，我可以湊一點錢給他也無妨。」

「是啊是啊，這就是我這次來的本意。如果可以的話，請你多幫忙。」

健三暗忖，既然如此為何不早說。那人也擺出，既然如此為何不早說的表情。

「那你可以給多少呢？」

健三暗自思索，但想不出究竟要給多少才算恰當。可是當然越少越好，於是健三說：

「大概一百圓左右。」

「一百圓。」

那人重複了一次，接著說：

「至少給個三百圓不行嗎？你覺得如何？」

「如果我有該給錢的理由，不管幾百圓我都給。」

「您說得對。可是島田先生真的過得很苦。」

「要說這個的話，我也過得很苦啊。」

「是嗎？」那人語帶嘲諷。

「本來我一分錢都不肯給，你也不能拿我怎麼樣吧。如果一百圓不行，那就算了。」

對方終於不再討價還價。

「那我先回去跟他本人說說看，日後會再來拜訪，請您海涵。」

那人走了之後，健三對妻子說：

「終於來了。」

「他怎麼說？」

「又是來要錢。只要有人來，就是來要錢，真的討厭死了。」

「莫名其妙。」

妻子並沒有說出同情的話。

「這也沒辦法。」

健三的回答也很簡單。他甚至懶得跟妻子訴說事情發展至此的過程。

「畢竟是你賺的錢，你要給他，我也無話可說。」

「我哪有錢啊！」

健三忿忿地扔下這句話，又回書房去了。書房裡，那堆以鉛筆寫得髒兮兮還處處沾染紅色墨水的紙，依然在桌上等他。他立即拿起沾水筆，把那已經髒兮兮的紙面，弄得更紅更髒。

他擔心自己會客前與會客後的心情差異，會使得閱卷時產生不公平的現象，因此把批閱過的考卷，又慎重地重看一遍。儘管如此，他依然不知道自己三小時前的標準，是否和現在的標準一致。

「既然不是神，就難保完全公平。」

他為自己的沒把握辯護，也迅速地繼續批閱考卷。然而無論他如何加快速度，要改完堆積如山的考卷，似乎遙遙無期。終於改完一疊，折回原樣收好後，又得拆開一疊繼續改。

「既然不是神，忍耐也是有限度的。」

他又甩掉沾水筆，紅墨水如鮮血般灑在考卷上。他戴上帽子，往寒冷的街上走去。

九十七

健三走在行人稀少的路上，想著自己的事。

「你究竟為了什麼誕生在這世上？」

來自腦海某處的聲音，向他提出這個問題。他不想回答，儘可能逃避回答。偏偏這個聲音窮追不捨，不斷問他同樣的問題。最後他忍不住大叫：

「我不知道！」

那個聲音忽然冷笑。

「你不是不知道，是知道卻無法朝目標前進吧？在中途受阻吧？」

「那不是我的錯。那不是我的錯。」

健三逃也似的加快腳步。

來到熱鬧大街後，外界忙於準備迎接新年的景象，帶著幾近驚異的新奇，冷不防進入他的眼簾。他的情緒也終於變了。

店家為了吸引客人注意，用盡手段將店面裝飾得琳瑯滿目。他邊走邊看這些店面，時而也隔著玻璃櫥窗，端詳那些與自己無關的女人珊瑚頭飾或蒔繪髮簪，毫無意義地看了很久。

「到了年底，人們一定會買些什麼嗎？」

至少他自己什麼都沒買。妻子也說幾乎什麼都不用買。至於他的哥哥，姊姊，還有岳父，沒有一個像有餘裕買得起，都是過年過得很苦的人。其中岳父可能最苦。

「據說只要當上貴族院議員，到哪裡都吃得開。」

妻子曾向丈夫坦白，說父親遭人逼債時，曾經提到這件事。

那是內閣剛瓦解時的事。之前那逼不得已迫使岳父辭退閒職的人，在自己退位時，推舉岳父出來當貴族院議員，想對他盡幾分情義。但必須在眾多候選人中，選出限定名額的總理大臣，毫不客氣將岳父的名字劃掉。因此岳父就這樣落選了。債主總是對沒有經濟保障的人特別殘酷，隨即上門逼債。岳父搬離官邸時已削減僕人的數量，不久後又廢掉自家用的人力車。最後將自己的住家拱手讓人時，已經無力回天。就這樣日積月累陷入悲慘境地。

「都怪他要去買賣股票。」

妻子也曾這麼說。

「聽說當官的時候，交易員會幫你賺錢，所以還好。可是一旦辭官後，交易員就不管你了，所以大家都賠得很慘。」

「凡事都要懂要領才行。不過基本上，我不懂妳在說什麼。」

「你不懂也沒辦法。」

「妳在說什麼呀。我的意思是，交易員絕對不會做吃虧的事。真是笨女人。」

健三甚至想起當時與妻子的這段對話。

他忽然發現，與自己擦身而過的人都行色匆匆，大家都很忙的樣子。大家似乎都有一定的目標，都為了早點完成目標而奔波忙碌。

有些人根本無視他的存在；有些人擦身而過，會稍微瞥他一眼。甚至有人對他擺出這種表情：「你是笨蛋喔。」

健三回到家裡，又開始用紅墨水批閱髒兮兮的考卷。

九十八

兩三天後，受島田之託的男子又來遞名片請求見面。事到如今，健三也無法拒絕，只好來到客廳，再度坐在那個像房產代管經理人的面前。

「抱歉，你這麼忙的時候，我還頻頻打擾。」

他是個深諳世故的人，嘴上說抱歉，但態度絲毫看不出抱歉之意。

「是這樣的，我把我們上次談的事，仔細跟島田說了。他說既然如此那也沒辦法，就照你說的金額，不過希望可以在年底前拿到。」

健三沒料到這個。

「年底？那不就只剩幾天而已？」

「所以他才這麼急啊。」

「如果我有錢，我現在就可以給你。可是我沒錢，我也沒辦法呀。」

「這樣啊。」

兩人沉默了片刻。

「能不能拜託你想想辦法。我也是特地在百忙之中，為島田先生跑這一趟。」

那是他的事。無論麻煩也好，費事也好，這話都不足以讓健三動搖。

「很遺憾的，我就是沒錢。」

兩人又沉默以對了片刻。

「那什麼時候拿得到錢呢？」

健三也不知道什麼時候。

「等過完年我再想想辦法。」

「我既然是受託而來，就得回話給對方，請你至少給我一個日期。」

「說得也是，那就一月底吧。」

健三已不想再多說。那人也無可奈何走了。

這晚，健三為了抵禦寒冷與倦怠，請妻子做了蕎麥湯。他啜著那濃稠黏糊的灰色湯汁，一邊和坐在一旁、將托盤放在腿上的妻子聊天。

「我又得想辦法籌一百圓了。」

「你答應給他這種不用給的錢，以後會很麻煩喔。」

「我是可以不用給，可是我要給。」

這種前後矛盾的話，立刻引發妻子不悅。

「既然你這麼固執，那就沒什麼好說了！」

「妳總是攻擊別人，說別人老愛講大道理，其實妳才是只重形式的女人！」

「你才最喜歡形式啦，凡事都要先把道理擺出來！」

「道理和形式不一樣！」

「對你來說是一樣的！」

「那我說給妳聽吧。我不是個光講大道理的人。我說的理論，不僅在我嘴上，也在我手上腳上，甚至在我全身。」

「真是這樣的話，你的道理看起來應該不會那麼空洞啊。」

「一點都不空洞。道理就像柿餅上那層白粉，是從裡面長出來的，跟從外面撒糖上去是不一樣的。」

這種說明，對妻子而言已是空洞的理論。凡是眼睛看得見的東西，她都要確實抓在手裡才能理解，因此不想再和丈夫爭辯下去，就算想辯也不知道怎麼辯。

「我說妳拘泥形式，是因為妳看一個人，不管那個人的內在如何，只看他呈現於外在的部分，立刻根據這個來斷定一個人。就像妳父親是個法律家，認為沒有證據就沒理由挑別人的毛病……」

「我爸才沒說過這種話。我也不是那種只顧外表裝飾過日子的人。根本是你不斷用這種偏見的眼光看人……」

妻子潸然淚下。對話也就此斷絕。原本在談給島田一百圓的事，就這樣失焦離題，變得更混亂複雜了。

九十九

又過了兩三天，妻子久違地外出了。

「快過年了，我去看許久不見的親戚朋友，順便送了點禮物。」

她抱著嬰兒來到健三面前，臉頰凍得通紅，在暖和的房間坐下。

「妳娘家情況如何？」

「沒什麼變化。過了擔心會變成那樣的時期，現在似乎反而無所謂了。」

健三不知如何接話。

「倒是他們問我要不要買那張紫檀桌子，我覺得那東西不吉利就婉拒了。」

那是以紫葡萄樹板材做的中式大桌子，價值上百圓的高級品，是以前有位親戚破產無法還錢，拿這張桌子來抵押給岳父。如今它又面臨同樣的命運，遲早又要易主。

「吉不吉利倒是無妨，只是我現在也沒勇氣買下這麼貴的東西。」

健三邊苦笑邊抽菸。

「對了，你要給那個人的錢，要不要向比田姊夫借？」

妻子突然冒出這句話。

「比田有這個餘裕嗎？」

「有啊。聽說公司要他辭職，只做到今年年底。」

健三得知這個新消息，認為理所當然，卻也覺得怪怪的。

「畢竟他年紀也大了。可是辭職的話，生活不就更困難？」
「以後會怎樣不知道，不過目前沒什麼問題。」
比田的辭職，起因於提拔他的一位董事和公司斷絕關係。但他是工作多年的資深員工，有權拿到一筆錢，足以暫時緩解他的經濟狀態。
「他今天來拜託我，說靠這些錢也會坐吃山空，如果有可靠的人想借錢，希望我幫他介紹一下。」
「哦？他終於也要做放款這一行？」
健三憶起比田和姊姊平時還譏笑島田刻薄無情，一旦自己境遇轉變，竟毫不在乎學起以前瞧不起的人。這對不知反省的夫妻，簡直跟小孩一樣。
「反正就是放高利貸吧。」
妻子也不懂高利或低利。
「你姊姊說，如果週轉順利，一個月可以賺三、四十錢利息，兩人就拿這個當零用錢，打算以後也這樣細水長流做下去。」
健三以姊姊說的利息，在心中盤算他們有多少本金。

「可是若搞不好的話，只會連本帶利賠光喔。我覺得別這麼貪心，把錢放在銀行拿合理的利息比較安全。」

「所以他才說要借給可靠的人嘛。」

「可靠的人不會借這種錢，這利息太可怕了。」

「可是總不能用一般的利息借啊。」

「那我也不會去借。」

「你哥哥也很為難喔。」

據說比田也去找了健三的哥哥，說明今後的打算，並拜託哥哥當第一個向他借錢的人。

「荒謬至極！哪有人主動去拜託別人向自己借錢的？哥哥可能需要錢，但也沒必要冒險去借這種錢吧。」

健三覺得難過又可笑。從這件事就能看出比田自私自利的本性，可是姊姊在一旁看著竟然蠻不在乎，健三對此感到不可思議。縱然有血緣關係，但完全不覺得像是姊弟。

「妳有跟他說我要借嗎？」

「我才不會這麼多嘴。」

一〇〇

利息高低是另一回事，但健三無法認真思考向比田借錢。畢竟他是每個月會給姊姊若干零用錢的人，這回竟然要去跟姊夫借錢，任誰看了都明顯矛盾。

「雖說世上不合理的事情也很多……」

健三說到這裡突然很想笑。

「實在太莫名其妙了，越想越覺得好笑。算了不管它，就算我不向他借錢，他也會有辦法吧。」

「是啊，畢竟還是有很多人想借錢吧。他說已經借了一筆錢，給一家有藝妓陪酒的酒館什麼的。」

聽到這種酒館，健三覺得更好笑，幾乎笑到忘我。妻子也覺得丈夫的姊夫竟借錢給這種酒館實在不適合，但她沒想到這關係到丈夫的名聲，只是和丈夫一起笑了起來。

滑稽感褪去後，反作用來了。健三想起和比田有關的不愉快往事。

那是發生在健三的二哥病逝前後的事。二哥拿出自己常用的雙蓋銀殼懷錶給弟弟健三看，幾近口頭禪地說：「這個以後就給你。」那時年輕的健三沒用過錶，想要得不得了，揣想自己何時才能把這美麗裝飾品繫在自己的腰際，就這樣暗自開心得意過了一兩個月。

二哥過世後，二嫂尊重丈夫的遺言，在眾人面前表明要把這只懷錶送給健三。然而不幸的，這個理應視為故人遺留的紀念品，居然已經進了當鋪。健三當然沒能力將它贖出來，只收到二嫂讓渡的所有權，根本摸不到最重要的懷錶，就這樣過了幾天。

有一天，大家聚集在一起時，席間比田從懷裡掏出那只懷錶。懷錶擦得晶亮，整個煥然一新，幾乎快認不出來，而且換上的新錶鍊還裝飾了珊瑚珠。比田裝模作樣，將這只懷錶放在哥哥面前。

「我要把這只懷錶送給你。」

一旁的姊姊也附和地說幾乎同樣的話。

「讓你費心了，真是感激不盡。那我就收下了。」

哥哥道謝後收下懷錶。

健三默默看著他們三人。但他們三人，眼裡幾乎沒有健三的存在，彷彿他不在場似的。

健三始終不發一語，覺得受到極大的侮辱。但他們卻處之泰然。這種對待，使得健三如仇敵般憎恨他們，想不通他們為何要如此當面給他難堪。

然而健三沒有主張自己的權利，也沒要求他們說明，只是在默默無言之際厭惡了他們。他認為，厭惡自己的親哥哥與親姊姊，就是對他們最大的懲罰。

「你還記得這種事啊？你也是很記恨啊。你哥哥要是聽到了，一定會很驚訝吧。」

妻子看著健三的臉，暗自端詳他的神色。健三絲毫不為所動。

「說我記恨也好，不像男人也好，但事實就是事實。縱使將事實一筆勾消，也無法抹殺感情。我那時的心情還活著，現在也活著在某個地方起作用。就算我抹殺了這種心情，老天爺還是會讓它復活，我也沒辦法。」

「不跟他借錢就不行了。」

妻子說此話的時候，內心想的不僅是比田他們，也有自己的事，以及娘家的事。

一〇一

辭歲迎新之際，健三漠然地眺望一夜之間改變的世間外觀。

「一切都是多餘的，只不過是人為的雕蟲小技。」

實際上，他的周圍既沒有除夕，也無大年初一，一切都只是延續上一年。他甚至討厭逢人就要說恭賀新禧。與其刻意說這種話，他寧可什麼人都不見，靜靜地獨處還比較舒服。

他穿著平常的衣服，出門走走，盡量往沒有新年氣氛的地方走。嚴冬枯木，農田荒蕪，茅草屋頂與涓細水流，這些景象朦朧地進入他眼簾。然而他已失去感嘆這可憐的自然興致。所幸天氣晴朗，野地沒有刮起乾燥的寒風，遠處瀰漫著如春天般的霧靄。淡淡的陽光穿過霧靄，沉穩地籠罩著健三。他故意朝沒人又沒路的地方走去。地上的霜已在融化，他發現鞋子沾滿泥土變得沉重時，索性駐足停了片刻。駐足之際，他為了排遣苦悶畫了一幅畫。偏偏畫得太糟，這寫生反而只讓他自暴自棄。因此他拖著沉重腳步回家，途中想起要給島田一百圓的事，忽然興起念頭想寫些東西。

以紅墨水批改考卷的工作終於結束，距離下一個工作的開始還有十天，他想利用這十天寫點東西，於是又執筆面對稿紙。

縱使明白自己的健康每況愈下，他仍不以為意，拚命工作。像在反抗自己的身體般，又像在虐待自己的健康，更像在對自己的病復仇。他渴於鮮血，但又不能屠殺別人，只好啜飲自己的血以獲得滿足。

寫完預定的數張稿紙後，他扔掉手中的筆，躺在榻榻米上。

「啊！啊！」

他發出野獸般的聲音。

將寫好的東西換成金錢，他沒有碰到什麼困難。唯獨該如何將這筆錢交給島田，使他有些迷惘。他不想和島田直接見面，島田上次也放話說不會再來，想必也沒勇氣再登門造訪，所以一定要有個中間人轉交這筆錢。

「看來只能拜託你哥哥或比田姊夫，畢竟他們也知道這件事。」

「說得也是，看來這麼做是最恰當的。雖然我不太情願，畢竟不是什麼需要公開找人幫忙的事。」

於是健三出門前往津守坂。

「要給他一百圓？」

姊姊驚愕地睜大雙眼看著健三，覺得給這筆錢太浪費。

「不過阿健畢竟是有頭有臉的人，不能做小氣寒酸的事，更何況島田那個老頭子，和一般的老頭子不同，他可是個大壞蛋，不給個一百圓也是不行的。」

姊姊嘮叨了一堆連健三都沒想過的事，而且逕自說得好像能接受的樣子。

「不過大過年就碰到這種事，你也是有夠背的。」

「有夠背的鯉魚跳龍門嗎？」

一直盤腿坐在一旁看報紙的比田，這時突然開口了。可是姊姊不懂他這話的意思，健三也不懂。但姊姊卻像了然於心地哈哈大笑，使得健三覺得更詭異。

「不過話說回來，我還真羨慕阿健啊。只要想賺錢，不管多少都賺得到。」

「因為他頭腦的大小跟我們不一樣。他是右將軍賴朝公轉世的。」[46]

46 傳說源賴朝的頭比一般人大。

比田淨說些莫名其妙的話。但拜託他的事，他二話不說就答應了。

一〇二

一月中旬，比田和哥哥一起來健三家。此時家家戶戶門口擺飾的門松[47]已然撤除，但路上還能感到些許新年氣息。兩人坐在健三沒有新春氣氛的客廳裡，不自在地四處張望。

比田從懷裡拿出兩張字據，放在健三面前。

「這樣事情終於解決了。」

其中一張是以古文風的文句，寫著確實收到一百圓，及今後斷絕一切關係的字據。雖然無法判斷是誰的筆跡，但確實蓋有島田的印章。

健三在心中默讀，看到字據上「因此後日」、「恐后日無憑立此誓約」等字句不禁暗自訕笑。

「讓你們費心了，謝謝。」

「有了這張字據就沒問題了。不然以後不曉得要被他像蒼蠅般纏到什麼時候。對吧，阿長。」

「就是啊。這樣總算可以放心了。」

比田與哥哥的對話，絲毫沒有安慰到健三。他仍強烈認為，自己無須給島田一百圓，只是基於善意才給的，完全不認為是拿錢出來避免麻煩。

健三默默地打開另一張字據。那是當年復籍時，自己寫給島田的一段話。

「此次我與府上脫離養子關係，由生父給付養育費，往後彼此都不要做違反人情義理之事。」

健三不太明白這話的意思與邏輯。

「島田就是想強迫推銷這張字據。」

「然後我們花了一百圓買下來。」

比田與哥哥又聊了起來。健三連半句話都懶得插嘴。

47 裝飾在門前的竹子與松樹，帶有新年召喚年神降臨的寓意。

兩人走了以後，妻子打開丈夫面前的兩張字據來看。
「這張被蟲蛀了耶。」
「廢紙一張，根本沒用，把它撕了扔進紙屑簍。」
「沒必要故意撕掉吧。」
健三就此起身離開。再度見到妻子時，他問：
「剛才那張字據，妳怎麼處理的？」
「我把它收到櫃子的抽屜裡了。」
妻子回答的口吻，像是把重要東西收藏起來。健三沒責備她的處理方式，但也不想誇讚她。
「不過真的太好了，那個人的事就這樣解決了。」
妻子露出安心的表情說。
「解決了什麼？」
「可不是嗎？他都寫那種字據了，應該沒問題了吧。今後他也沒有理由來了，就算來了可以不用理他吧。」

「過去也是一樣啊。只要想這麼做，隨時都可以辦得到。」
「不過現在我們有了那張字據，情況大大不同了。」
「放心了是嗎？」
「對，就是放心了。因為已經徹底解決了。」
「其實還沒完全解決喔。」
「怎麼說？」
「目前解決的只是表面。所以我才說妳是只重形式的女人。」
「那要怎樣才算真正解決？」
「世上幾乎沒有真正能解決的事。事情一旦發生，就會一直發展下去，只不過變換成各種樣貌，使自己和別人都看不清而已。」
健三的語氣像在發洩般，很不痛快。妻子則默默抱起寶寶。
「乖喔，好乖喔，乖孩子。爸爸在說什麼，我們完全聽不懂耶。」
妻子說著說著，頻頻親吻寶寶的粉嫩臉頰。

道草

作　　者　夏目漱石
譯　　者　陳系美
主　　編　郭峰吾

總 編 輯　李映慧
執 行 長　陳旭華（ymal@ms14.hinet.net）

社　　長　郭重興
發行人兼出版總監　曾大福
出　　版　大牌出版／遠足文化事業股份有限公司
發　　行　遠足文化事業股份有限公司
地　　址　23141 新北市新店區民權路 108-2 號 9 樓
電　　話　+886- 2- 2218 1417
傳　　真　+886- 2- 8667 1851

印務經理　黃禮賢
封面設計　萬勝安
排　　版　藍天圖物宣字社
印　　製　成陽印刷股份有限公司
法律顧問　華洋法律事務所　蘇文生律師

定　　價　360 元
初　　版　2020 年 3 月

國家圖書館出版品預行編目（CIP）資料

道草：孤獨與迷茫的極致臨摹，夏目漱石創作生涯唯一自傳體小說 / 夏目漱石 著 ; 陳系美 譯 . -- 初版 . -- 新北市 : 大牌出版, 遠足文化發行, 2020.03　面 ; 公分
譯自：道草
ISBN 978-986-5511-09-8（平裝）

861.57　　109001600